虐げられていましたが、容赦ない熱情を刻まれ愛を注がれています

m a r m a l a d e b u n k o

西條六花

JN020370

マーマレード文庫

虐げられていましたが、容赦ない熱情を刻まれ愛を注がれています

目次

プロローグ……6
第一章……10
第二章……35
第三章……56
第四章……90
第五章……127
第六章……166
第七章……204

第八章……236
第九章……265
第十章……299
エピローグ……313
あとがき……318

虐げられていましたが、
容赦ない熱情を刻まれ愛を注がれています

プロローグ

窓の外は暗く、遠く見える山が影絵のように黒く浮かび上がっている。

政令指定都市から車で二時間弱、高い建物がないこの辺りでは、家の中からでも星がよく見えた。二階の窓辺に佇んでいた小谷葵《こたにあおい》は、藍色《あいいろ》の空に浮かぶ無数の星を見つめ、いつになく大胆な自分の振る舞いに少し緊張していた。

(車でここに来ているわたしが、食事のあとにワインを飲むのを了承するなんて、まるで〝そういうこと〟になるのを受け入れてるみたいで恥ずかしい。でも、心のどこかでこういう展開になるのを期待してた気がする……)

地元に戻ってきてから三年が経《た》つが、これまでは仕事に打ち込んでいて、恋愛をする機会はまったくなかった。

それなのに彼に出会ってからどんどん惹《ひ》かれ、一ヵ月近くが経つ今はこうして自宅を訪れている。そんな自分が浅ましく思え、葵はかすかに顔を歪《ゆが》めた。

(そうだよ。わたしはきっと……柏木《かしわぎ》さんにふさわしくないのに)

そのとき背後で物音がし、キッチンからワインのボトルとグラスを二つ持ってきた柏木が、テーブルにそれを置く。そして葵を見つめて言った。

「座って。田口《たぐち》商店さんで取り寄せてもらったワインなんだ。口当たりが軽いから、飲みやすいと思うけど」

彼の容貌《ようぼう》は、とても端整だ。

すっきりとした輪郭と高い鼻梁《びりょう》、切れ長の目元は怜悧《れいり》さと知性を感じさせ、穏やかな口調や人好きのする笑顔に心惹かれてやまない。

白いシャツの袖口をまくった姿が適度にラフで、太い首筋やしっかりした肩幅が男らしい。しかも才能溢《あふ》れるフレンチのシェフで、先ほど一緒にキッチンに立った葵は、その実力を嫌というほど目にしたばかりだった。

慣れた手つきでワインのコルクを開けた柏木が、グラスに注いでくれる。そして微《ほほ》笑《え》んで言った。

「じゃあ、乾杯」

「……乾杯」

彼の言うとおり、白のワインはフルーティーで飲みやすく、ホッと息をつく。

手の中のグラスを見つめながら、葵は柏木に問いかけた。

「柏木さんは、ワインにも詳しいんですか？」

「フランスに住むと、おのずと詳しくなるよ。五年もいたしね」

ワイン談議に花を咲かせるうち、葵は緊張からかどんどん杯を重ねてしまう。

軽く酩酊《めいてい》をおぼえる頃、彼がふいにこちらの頰に触れて言った。

「顔が赤い。あまり酒は強くないのかな」

「ふ、普段はあまり飲まないので……」

「酔った小谷さんは、口調が少しゆっくりで可愛《かわい》い。いつもはあんなにクールな感じなのに」

酔いだけではなく頰が熱くなっていくのを感じながら、葵は小さく答える。

「別にクールなんかじゃありません。人と接するのがあまり得意ではなくて、つい事務的な口調になってしまうだけです」

「でも俺は、初めて会ったときから君に心惹かれた。Tシャツとデニム、粘土で白く汚れたエプロン姿だったけど、凛《りん》としてきれいで」

柏木の指が頰をなぞり、葵は彼から目が離せなくなる。息を詰めて見つめると、柏木が微笑んで問いかけてきた。

「車で来たのにワインを飲むことに了承してくれたのは、小谷さんも『帰りたくない』って思ってくれてると解釈していいのかな」

「……っ、はい」

葵がドキリとしながら返事をした瞬間、彼の眼差《まなざ》しに甘さが増す。

こちらの顔を引き寄せ、髪にキスをした柏木が、ささやくように言った。

「じゃあ、もう遠慮しない。——全部俺のものにするから」

わずかに身体《からだ》を離した彼がこちらを見つめてきて、葵の胸がきゅうっとする。

躊躇《ためら》いはまだ心の隅にあるものの、やはり自分は柏木のことが好きだ。そう思いつつ目を閉じ、彼のキスを受け入れながら、葵は柏木と出会ったときのことを思い返していた。

第一章

北国の春の訪れは遅く、四月の初め頃にようやく根雪が消える。

政令指定都市から車で二時間弱、下ノ町《しものまち》は農業が盛んな地域だ。米や西瓜《すいか》、トマトなどが有名で、特に西瓜は毎年初競りが全国ニュースになる。町面積の七割近くが山林で、森林組合が管理と施業、製材を担い、公共施設への木材の有効活用も積極的に行っていた。

とはいえ雪がなくなったばかりの雑木林は、うっすら新芽が出ているものの枝ばかりが目立つ。月曜の朝、ゴム長靴を履いて自宅を出た葵は、ぬかるんだ道を歩いて木々に囲まれた工房に向かっていた。

朝はいつも六時頃に起床し、朝食を取って自宅の掃除をしたあと、八時には徒歩七分のところにある工房に出勤する。

葵が陶芸家を名乗るようになって、三年が経っていた。三年前に亡くなった母方の祖父が、経営していた紡績会社を息子に譲ったのちに陶芸家になった人物で、彼が使っていた工房をそのまま引き継いだ形だ。

幼少期から祖父の仕事を見るのが好きだった葵は、器を作る工程に慣れ親しんできた。高校卒業後は信楽《しがらき》や備前、瀬戸などの工房を巡り、弟子入りした師匠の元で四年間薪焼成《たきぎしょうせい》や陶土の扱い、釉薬《ゆうやく》の調合を学んで、独立して今に至る。

工房に行ってまずすることは、ずらりと並んだ器の埃を落としたあと、什器《じゅうき》の拭き掃除だ。床を掃き、あまりにも汚れている場合はモップをかけ、片隅にある古い二槽式の洗濯機で前日に使ったタオル類を洗濯する。

一段落したらペーパードリップでコーヒーを淹《い》れ、休憩がてらメールのチェックをした。それから五キロの陶土を取り出し、作業台の上で行うのが〝土練り〟だ。

器の原材料である陶土の状態は、仕上がりにダイレクトに影響する、そのため、練って陶土の硬さを均一に、かつ中の気泡を取り除くことが必要だ。

まずは両手に体重をかけ、俵状《たわらじょう》にまとめた陶土を押し出すように練る。土の左右に伸びた部分を中へと折りたたみ、縦にして再度練り込む作業をしばらく繰り返し、四角い塊《かたまり》にまとめれば〝荒練り〟の完了だ。

板づくりや電動ろくろで作陶を行う場合は、ここからさらに下準備が必要になる。片方の手で押し、捻《ひね》りながら回転させて練り込んで、土に含まれる空気の気泡を押し潰していくが、上から力を込めながら一〇〇回程繰り返し練ることが必要なため、かなりの重労働だ。

練っているとき、陶土の表面に菊の花びらのような紋様が浮かび上がることから、この作業は〝菊練り〟と呼ばれている。慣れないうちは大変でなかなか上手《うま》くできないが、葵の手の中の陶土にはきれいな模様が浮かび上がっていた。

(ふう、こんなものかな)

ようやく菊練りを終えた頃には、すっかり汗をかいていた。

工房の壁には一面に大きな窓があり、夏場は鬱蒼《うっそう》とした緑が目に飛び込んでくるものの、芽吹く前の今は面白味がない。首に掛けたタオルで汗を拭《ぬぐ》った葵は、そこから電動ろくろに向かっていくつかの器を作る。

こうして作業をしているあいだは誰とも話すことはなく、ほぼ自分との対話だ。おかげで二十六歳になる今も結婚の予定はないが、黙々と一人でする仕事が性に合っている。そのときデスクの上の電話が鳴り、立ち上がって受話器を取った。

「はい、工房小谷です」

電話をかけてきたのは、普段作品を委託している上《かみ》ノ町《まち》のギャラリーだった。「何か欠品が出たのだろうか」と考えていると、電話の向こうで相手が言う。

『今日の朝、うちに来たお客さんの一人が、小谷さんの作品を気に入ったらしいんです。工房の場所を教えましたから、もしかしたらそちらに行くかもしれません』

「そうですか」

そうした申し出は月に二、三回あり、珍しくはない。電話のついでに先日納品したものの売れ行きなどを話すうち、ふいに外で車の音がする。

葵が通話を切るのと同時に車のドアの開閉音が聞こえ、やがて一人の男性が中に入ってきた。

「すみません、こちらは工房小谷さんでお間違いないでしょうか」

彼は三十代前半に見え、背が高く均整が取れた身体つきをしていた。

高い鼻梁と切れ長の目元、シャープな輪郭が形作る容貌はとても端整で、目元にわずかに掛かる前髪と首筋に仄《ほの》かな色気を感じる。白いボタンダウンシャツにテーラードジャケットを合わせ、黒いスラックスの脚がスラリと長く、思わず見惚《みと》れてしまうような雰囲気の男性だった。

葵が「はい、そうです」と答えると、彼は微笑んで言った。

「申し訳ありません、アポもなく来てしまって。実はギャラリー宮木《みやぎ》さんでこちらの工房の作品を目にし、ぜひお話を伺いたくて住所を教えていただいたんです」

「そうですか」

本当は工房を訪れる際は事前連絡が欲しかったが、来てしまったものは仕方ない。

葵は首に掛けたタオルを外してデスクに置き、男性に向かって言った。

「作品をご覧になりたいなら、こちらです。この棚に載っているのは、すべて納入前の完成品なので」

「拝見します」

葵が手渡した白手袋を嵌《は》めた彼が、慎重な手つきで浅鉢のひとつを手に取る。

そして感嘆の眼差しでつぶやいた。

「この釉薬のひび割れの何ともいえない表情に一目で惹かれて、ギャラリーで作家さんのことを尋ねたんです。本当に美しいですね」

「これは氷裂貫入釉《ひょうれつかんにゅうゆう》という技法です。器の表面に青磁《せいじ》というガラス質の釉薬を掛けているのですが、素地《きじ》の土と釉薬の焼いたときの収縮率の違いによって起こる細かな〝貫入〟、つまりひび割れが特長なんです。まるで氷が割れたように見えることから、この名前がついています」

南宋《なんそう》時代の中国でよく見られたとされる特徴的なこの技法は、亀甲貫入《きっこうかんにゅう》、もしくは薔薇貫入《ばらかんにゅう》ともいわれ、ガラス質の釉薬が艶やかで、まるで鉱石のような風合いに仕上がる。

貫入の入れ方にはこだわりがあり、失敗することも多い。男性が手に取っているのは縁の部分が黒く、中心部にいくにつれて青緑色が濃くなっていくもので、鉄分が酸化してできた黒点や釉薬のムラなどがいいアクセントになっていた。

彼は続いてグレーの大皿を手に取り、しげしげと眺めている。黒土を使い、たたら技法で仕上げたその皿はシックで、特に縁の部分の仕上げに神経を使った。

男性がこちらを見て言った。

「実は僕は、料理人でして。この下ノ町にフランス料理店をオープンする予定で、店で使うための食器が欲しくて、近隣のギャラリーなどを見て回っていたんです」

「そうなんですか」

「ギャラリー宮木さんには魅力的な作品がたくさん展示されていたのですが、小谷さんの作品を見たとき、インスピレーションを強く刺激されました。この皿に合う料理はどんなものだろう、色は、盛りつけは——と考えが溢れて止まらず、居ても立ってもいられなくて作者について尋ねたんです」

それを聞いた葵は、うれしくなる。

展示会やイベントで客の声を直接聞く機会はあるが、それも数ヵ月に一度だ。彼を見つめ、微笑んで言った。

「ありがとうございます。プロの料理人の方にそんなふうに言っていただけると、うれしいです」

「この工房は、小谷さんがお一人で？」

「はい。祖父が陶芸家で、亡くなったあとにわたしが引き継ぎました」

葵は氷裂貫入の他にもいくつかシリーズを持っており、シンプルな白黒のものもある。それらをひとつひとつ説明すると、彼は興味深そうに聞いていた。葵は男性に向かって言った。

「少しお座りになりませんか？　今コーヒーを淹れますから」

「ありがとうございます」

工房内は成形した焼成前の器が木の板の上にずらりと並べられていたり、窯出《かまだ》しして仕上げをして洗ったものが乾燥されていたり、電動ろくろがあったりと、雑然としている。

ミニキッチンでコーヒーを淹れて提供すると、彼は「いただきます」と言って一口飲んだ。そしてポケットから名刺入れを取り出し、一枚差し出す。

「申し遅れましたが、僕は柏木匡《たすく》といいます。ひと月前まで、神戸《こうべ》にあるBrindille《ブランディーユ》というフレンチレストランでシェフをしていました」

テーブルに置かれた名刺は新店用に作り直したもので、住所はこの近くになっており、〝フランス料理店　Plaisir《プレジール》代表　オーナーシェフ　柏木匡〟と書かれている。柏木が言葉を続けた。

「Plaisirのオープンは、三ヵ月後の七月を予定しています。そこで相談なのですが、店で使う食器の制作をしていただけないでしょうか」

葵は頭の中で、この先三ヵ月の納期状況を考える。

個人依頼やウェブサイトで販売する商品の量産など、仕事は詰まっている状態だ。だが数によっては受けられないこともなさそうで、葵は目の前の彼を見つめて問いかけた。

「数的には、どのくらいになりそうでしょうか」

「客のキャパ的には、二十名が入る予定です。白黒のシリーズの皿をメインにし、スペシャリテやアシェットデセールに氷裂貫入のものを使いたいと考えていますので、数は……」

柏木から聞き取った内容を、葵はメモ帳に書きつけていく。

そしてパソコンを開き、今後の受注状況をまとめたエクセルの一覧を見ながら答えた。

「何とかお受けできると思います。あとで正式な見積書をお出ししますが、ざっと計算した感じでは、総額はこのくらいかと」

葵が電卓を叩《たた》いて提示した金額に、彼が「大丈夫です」と言って頷《うなず》く。

このあとの流れとしては、デザインを決めたあとで一度サンプルを作り、了承を得た上で制作に取りかかることになる。そう説明したところ、柏木がふと思いついた顔で言った。

「デザインを描き起こすということは、小谷さんも器を作るときにイマジネーションを大切にされているということですよね」

「ええ、まあ」

「でしたら一度、僕の料理を食べに来ませんか」

思いがけない提案に驚き、葵は目を瞠《みは》ってつぶやく。

「柏木さんが作るお料理を……ですか？」

「はい。そうしたほうが、どんな食器を作るかのイメージがしやすいと思うんです」

確かにそのとおりかもしれないが、迷惑ではないのか。葵がそう問いかけると、彼があっさり答えた。

「迷惑だったら、自分からこんなことを言い出したりはしませんよ。最近は誰かに料理を作る機会がなかったので、反応を見るのは励みになりますし」

本当は少し気後れしてしまうが、柏木の言うことにも一理ある。葵は遠慮がちに頷いた。

「では……そうおっしゃっていただけるなら、ぜひ」

「よかった。食材を仕入れなければならないので、今日すぐにというわけにはいきませんが、明後日くらいでいかがでしょう」

「はい、大丈夫です」

彼が立ち上がり、ニッコリ笑って言った。

「久しぶりに腕が鳴ります。詳しい時間などは明日改めてお電話しますので、どうか楽しみにしていてください」


柏木の来訪から二日後の水曜日、作業場で陶土の下準備を終えた葵は、ノートパソコンで当月の売上見込みを確認していた。

下ノ町は高層ビルがひとつもない田舎町で、近年は過疎化が進んでいて空き家が多い。葵は古い平屋の２ＬＤＫの物件を格安で自宅として借りていて、作業場や窯場、製品置き場などは祖父の土地のため、賃料がかからない状態だ。

だが陶土や釉薬代といった材料費はもちろん、水道光熱費などを含めたコストがかかり、毎月計上しなければならないのが頭が痛かった。

陶芸家になって三年、公募展で入賞したのをきっかけに個展を二度開催し、今はオーダーでの作品制作と委託販売でどうにか食べていけるだけの収入を得ている。

近頃は量産の注文も増えているものの、まだ生活が安定しているという自信を持つには至っていなかった。そんな中、柏木から受注した食器の制作依頼はまとまった数になる上、単価が高くありがたい。

今日は器のデザインの参考にするため、彼の手料理を食べるべく自宅を訪問する予定になっていた。昨日の昼頃、電話で「ランチとディナー、どちらがいいですか」と電話で聞かれた葵は、夜に訪問するのは気が引けて「ランチで」と答えた。

(フレンチか。わたし、マナーとかまったく自信がないんだけど、大丈夫かな)

約束の時間は正午になっており、それまでは四時間ほどある。

葵は電動ろくろに向かい、いくつか作品を作ったあと、前日の制作物の乾燥具合を見て削り仕上げをした。そして削りクズを土練機《どれんき》に入れて陶土とブレンドし、使いやすい五キロずつに切り分けてビニールで個別包装する。

時計を見て作業を一段落させ、十一時四十五分に一旦工房を閉めて、車で柏木の自宅に向かった。

ナビで道を確認しながら走ること約十分、到着したのは築六十年の古民家だ。近くに住む佐々木《ささき》という人物が所有する物件で、老夫婦が亡くなったあと長く空き家となっていた。

だがリフォームしたおかげで和風の外観は以前より洗練された雰囲気になっており、荒れ放題だった庭も余分な木々を間引いてすっきりしている。

建物に近づくと何ともいえずいい匂いが漂い、期待が高まった。玄関の呼び鈴を押すと、引き戸が開いて柏木が出てくる。

「ようこそ、小谷さん。ここに来るまでに迷いませんでしたか？」

私服の上にエプロンを着けた彼が、にこやかに問いかけてくる。葵は少し緊張しながら答えた。

「だ、大丈夫です」

「中にどうぞ」

足を踏み入れた建物の内部は、古民家らしい建具や梁《はり》、欄間《らんま》はそのままに、壁を取り払い、床は畳を剥がしてフローリングにリノベーションされていた。

天井からは照明器具が下がり、広々としたフロアに置かれたいくつかのアンティークのテーブルが絶妙にマッチしている。葵は感嘆のため息を漏らして言った。

「素敵なお店ですね」

「ありがとうございます。もう少しあちこちに手を入れなければなりませんが、楽しんでリフォームしています」

まだ細かい調整の途中だというが、ひとつひとつの調度が選び抜かれており、柏木の確かな美意識を感じる。

(下ノ町みたいな田舎に、こんなに素敵なお店ができるなんて。……何だかすごい)

今頃になって、葵はTシャツとデニムという恰好《かっこう》で来てしまった自分が恥ずかしくなる。フランス料理だということは聞いていたのだから、もう少し小綺麗《こぎれい》な服装で来るべきではなかったか。

(どうしよう。柏木さん、わたしに呆《あき》れてるんじゃないかな……)

テーブルにはカトラリーとナプキンが置かれていて、車で来たためにワインではなくペリエをグラスに注がれる。

彼が慣れた手つきで瓶《びん》の注ぎ口を上に上げ、葵に向かって言った。

「お電話でもお聞きしましたが、苦手な食材やアレルギーなどはありませんでしたよね」

「はい」

「では、少々お待ちください」

柏木が厨房《ちゅうぼう》に去っていこうとし、葵は急いでそれを呼び止める。

「あ、あの！」

「はい？」

「こんな恰好で来てしまって、申し訳ありません。わたし、柏木さんが作ったものをちょっと味見するくらいだと思って――それで」

口に出すとますます恥ずかしさが募り、葵は消え入りたい気持ちになる。

それを奮い立たせ、彼を見つめて言った。

「もし少しお待ちいただけるのであれば、一度家に帰って着替えてきます。ですから……」

すると柏木はニッコリ笑い、安心させるように答えた。

「そんなお気遣いは無用です。まだ店はオープン前ですし、他にお客さまもいません。小谷さんが仕事の途中で抜けて来てくださったのは、よくわかっていますから」

「でも」

「順番に料理をお出ししますので、リラックスしてお待ちください」

彼が厨房に去っていき、葵はそれを見送る。

柏木に怒った様子はまったくなく、ホッとしていた。緊張が少し緩和され、しげしげと室内を眺める。

格子窓からは和風の庭が垣間見《かいまみ》え、これからのシーズンは緑が美しくなりそうだった。壁を取り去っているために部屋の奥が暗くなりそうではあるが、梁に取りつけられた照明器具が明るさを補っていて、室内を華やかに見せている。

やがて柏木が、皿を手に戻ってきた。そして葵の目の前に置き、内容を説明する。

「まずは前菜の盛り合わせです。イワシの自家製オイルサーディン、クレソンとフェタチーズのサラダ、鯖《さば》のリエット。それにバルサミコソースを添えた鶏肉《とりにく》とクルミのバロティーヌ、オレンジと人参のラペです」

「……すごい……」

白い皿の上の前菜は彩りが美しく、まるで絵画のようだった。

クレソンとフェタチーズのサラダは、みじん切りの玉ねぎとパクチーが入ったアボカドのワカモレの上にクレソンとフェタチーズをふんわり載せ、紫きゃべつのスプラウトとピンクペッパーの色味がアクセントになっている。

レモンの酸味のあるドレッシングとクレソンの香りがマッチし、ワカモレのまろやかさも相まって、何ともいえず美味《お》《い》しい。

イワシの自家製オイルサーディンはハーブの香りが豊かで、塩分がちょうどよかった。クルミの食感が愉《たの》しいバロティーヌや、旨味《うまみ》が凝縮された鯖のリエット、オレンジの風味が爽やかなキャロットラペなど、バリエーションが豊かな前菜に葵はすっかり感じ入ってしまう。

(ちゃんとしたフレンチって初めて食べたけど、こんなに美味しいものなんだ。それに彩りが、すごく豊か)

この料理に合う皿は、一体どんなものだろう。そう考えているうち、ゴボウのポタージュとパンが運ばれてくる。

ゴボウの風味と玉ねぎの甘みを感じるポタージュは、濃厚で深いコクがあった。柏木が言った。

「パンは自分で焼く余裕がなかったので、中ノ町《なかまち》の〝colza《コルザ》〟というパン屋のものを取り寄せました。小麦の香りが豊かで美味しいですよ」

その後、メインである真鯛《まだい》のポワレが出てきて、盛りつけの芸術性の高さに驚く。

デザートは滑らかなクレームダンジュに苺《いちご》のスープと赤紫蘇《あかしそ》のジュレ、アーモンドのチュイルを添えたもので、大満足のコース内容だ。

食後のコーヒーをテーブルに置いた柏木が、微笑んで問いかけてきた。

「お味はいかがでしたか？」

「すごく美味しかったです……！　実はちゃんとしたフランス料理を食べたことがなくて、マナーも含めて不安だったんですけど、いつしかそれが気にならなくなっていて」

「そうですか」

「味が素晴らしいのはもちろん、盛りつけの美しさに驚きました。まるでお皿がキャンバスであるかのように、新しいお皿が出てくるたびに新鮮な感動があって。柏木さんのお料理を、実際に見て食べることができてよかったです」

早くこの店の料理に合う器のデザインを描きたくて、たまらない。

そんな興奮が伝わったのか、彼が面映《おもは》ゆそうに微笑んで言う。

「お気に召していただけてよかったです。僕がどんな料理を作るのか、知ってるのと知らないのとでは、デザインのアプローチの仕方が変わると思いますから」

端整な顔に見つめられ、葵は図らずもドキリとする。

向かいに座ってもいいかと聞かれ、ぎこちなく頷いた。席に腰掛けた柏木が、周囲に目を向けながら言う。

「二ヵ月前にこの古民家の賃貸契約をしたあと、家主の佐々木さんが『好きに改装して構わない』と言ってくれたため、工務店に頼んで壁を抜いたり厨房の設備を入れたりというリフォームをしていたんです。僕が引っ越してきた一週間前はまだ終わっていない状態だったのですが、近所の人が入れ替わりで様子を見に来たのには驚きました。この辺りの人は、皆さんフレンドリーなんですね」

「田舎ですから。新しい人は滅多に引っ越してこないので、きっと興味津々なんだと思います。わたしも従兄《いとこ》から話を聞いて、この家に人が引っ越してきてリフォーム業者が入っているのは知っていました」

「小谷さんは、元々この下ノ町出身なのですか？」

「いえ。祖父や伯父《おじ》一家は昔からここに住んでいますが、わたしは風岡市《かぜおか》で生まれ育ったんです。でも高校生のときに、事情があって伯父の家に引き取られて」

葵が高校一年生のときに父が病気で亡くなり、仕事第一の母親が海外に転勤してしまったため、伯父の家に引き取られた。

母についていくのも、都会である風岡市からこの鄙《ひな》びた下ノ町に引っ越すのも、本当はどちらも気が進まなかったが、十六歳の少女が一人で暮らすのは現実的ではない。

親族が面倒を見てくれるのは、きっととてもありがたいことだったのだろう。

下ノ町に転居した葵は、近隣にひとつしかない高校に通う傍ら、祖父の工房に出入りしてその仕事をつぶさに見ていた。結果的に陶芸作家になったのだから、この町に来るのは必然だったのかもしれない。

そんなことを考えていると、柏木に「小谷さん?」と呼びかけられ、ふと我に返る。

「はい?」

「どうかしましたか? 何か考え込まれている様子だったので」

「いえ。何でもありません」

急いで表情を取り繕うと、彼が穏やかに問いかけてくる。

「今日はこのあとも、お仕事ですか?」

「はい。一日に作るノルマがあるので、それをこなさないと」

決められたとおりに制作スケジュールを消化していかなければ、納期に差《さ》し支《つか》える。

そう考え、コーヒーを飲みきった葵は、席を立つとバッグから財布を取り出して言った。

「ご馳走《ちそう》さまでした、本当に美味しかったです。おいくらですか?」

「お代は結構ですよ。食器のデザインの参考にと提供したものなので」

「でも」

「美味しそうに食べてくださったので、僕も励みになりました。ありがとうございます」

笑顔でそう言われ、葵は気後れする。

(あんなにすごいお料理だったんだから、きっと正規の値段は高いよね。……何だか気が引ける)

自分にできるのは、柏木の料理を引き立てるような食器を作ることしかない。

葵は恐縮しながら彼に告げた。

「なるべく早くデザインを上げられるように、頑張ります。出来上がり次第ご連絡いたしますので」

「ええ。楽しみにしています」

＊＊＊

ミントグリーンの軽自動車に乗った小谷葵が、運転席から頭を下げて走り去っていく。それを見送った柏木匡は、ホッと息をついた。

（喜んでもらえてよかった。わざわざ家に呼んだ甲斐《かい》があったな）

ひと月前までは、シェフとして客のために料理の腕を振るうのは当たり前のことだった。しかし神戸のフレンチレストランを辞めてからは、今日が初めてになる。

柏木匡といえば、業界内では知らない者がいないほどの有名シェフだ。フランスで修業して五年目に女性実業家の竹内優香《たけうちゆうか》にスカウトされ、弱冠二十五歳で神戸のフランス料理店〝Brindille〟のシェフになったときは、大きな話題になった。ジュエリーショップやアパレルブランドなど数々の店を手掛け、経営手腕に長《た》けた竹内のお眼鏡《めがね》に適ったただけあり、柏木の繊細な味と華やかな色彩感覚は世間に大きく評価された。

Brindilleは瞬く間に予約が取れないほどの人気店になったが、七年間シェフとして腕を振るううち、柏木は有名人や上流階級の人間ばかりを相手に仕事をするのが次第に苦痛になってきた。

元々ラグジュアリーさを売りにしていた店のため、価格が高く限られた人々しか来店できない。柏木の中には、いつしか「フランスでの修業時代に働いた店のように、客との距離が近い状況で仕事がしたい」という思いが芽生えていた。その気持ちは年々強くなり、八ヵ月前に竹内に退職を願い出たものの、即座に却下された。

『何を言ってるの？　あなたの料理を食べたいと考えている人が、神戸のみならずたくさんいるのよ。最高の環境で最高の食材を惜しみなく使い、大きな称賛を得られる。料理人として、これ以上のステージはないでしょう』

だが柏木の意思は固く、何度も話し合いを重ねた結果、ようやく彼女のほうが折れた。

今から一ヵ月前、ついにBrindilleを退職した柏木は、諸々の残務処理などを終えて下ノ町の古民家に引っ越し、今に至る。

新しい店を出店するに当たっては、日本全国のさまざまな土地を吟味した。下ノ町を選んだのは、何もない長閑《のどか》さが気に入ったからだ。ここなら以前のようにあくせくせず、マイペースに店を経営できる。

(スタイリッシュさに振りきらず、フランスの家庭料理とかも出せたらいいな。白いんげんのトマト煮込みとか、ブイヤベースとか)

店をやるには、厨房の設備や食器、テーブルセットやカトラリーなどを一から揃《そろ》えなければならない。

什器は知り合いの業者に相談して手配することができたが、食器は自分の目で見て納得のいくものを選びたかった。一週間前から風岡市も含めてあちこちのギャラリーを回り、作家物の食器を実際に手に取って確認してきたものの、今ひとつピンとこない。

だが工房小谷の作品を見たときは、一目で魅了された。

(こんな色の皿……見たことない)

青と薄紫の釉薬が半分ずつ掛かったその大皿は、表面に薄氷のようなきめ細かなひび割れがあり、何ともいえず美しかった。

その技法は〝氷裂貫入釉〟というもので、焼成後の冷却の際に素地と釉薬の熱膨張率の差により、表面にひび割れのような模様が生じるものだという。

その皿を見た瞬間、柏木は強く感性を刺激された。この作家の作品を、もっと見たい——そう考え、ギャラリーのオーナーに教えてもらった住所の工房を訪れたが、作家が若い女性で驚いた。

小谷はほっそりと華奢《きゃしゃ》な体型をしていて、動きやすさを重視しているのか、Tシャツにデニムというカジュアルな恰好だった。女性らしさはあまり感じない服装だったものの、サラサラの髪ときれいな顔立ちをしており、職人気質なのか淡々としてクールな態度で、「恰好いい女性だな」と感じた。

(あの皿はどこか官能的な雰囲気があったが、それは作り手が女性だからかな。あれ

ほどの作品を作れるなんて、すごい才能の持ち主だ）

新しい店の食器の制作を依頼したところ、彼女は了承してくれ、柏木は今から完成が楽しみで仕方なかった。

小谷に料理を食べてもらうため、自宅に招待したのはごく自然なことだ。自分の作るものがどんなものなのかを理解すれば、彼女ならきっと上手くマッチする食器を作ってくれるに違いない。

昨日は早速買い出しに行き、じっくりと時間をかけて料理の下拵《したごしら》えをしたが、小谷の反応を想像しながらする作業は楽しかった。だが朝から工房で仕事をし、昼休憩に訪れた彼女は、きちんとしたテーブルセッティングを見た途端に自らの恰好をひどく恥じていた。

それを見た柏木は、「可愛いな」と思った。

（凛とした雰囲気の持ち主なのに、あのときの彼女はギャップがあって庇護欲《ひごよく》をそそった。あんな顔もできるのか）

そんな小谷は、柏木の料理を目にした途端にキラキラと目を輝かせていて、言葉以上に雄弁なその反応に柏木は満足していた。

彼女は柏木が作ったものの味を褒め、盛りつけの色彩にインスピレーションを感じたことを生き生きとした表情で語ってくれた。

早くデザインを描きたいのが如実にわかるその様子は見ていて微笑ましく、好感を抱いた。充実した気持ちで息をついた柏木は、家の中に戻る。そして厨房を片づけながら考えた。

（これをきっかけに、いい友人になれたらうれしいな。もっと小谷さんと仲良くなりたいし、彼女の作る作品を見てみたい）

数々の候補地がある中、移住先をこの下ノ町に決めたのは、正解だったかもしれない。

そんなふうに考え、シンクの中でフライパンを洗った柏木は、ふと微笑む。そしてこれから出来上がってくるであろう食器のデザインを想像し、あれこれと思いを馳《は》せた。

第二章

器作りは小手先ではなく、身体全体を使うことが必要だ。

電動ろくろを回すときは、臍下《へそした》の〝丹田《たんでん》〟と呼ばれるところを意識し、背すじを伸ばして座る。肘を膝に置かず、自在に動かせるようにする姿勢は、祖父の動きを見て自然に覚えた。

葵がろくろのスイッチを入れると、灰色の陶土の塊が時計回りに動き出す。まず両手を水で濡らすのは、乾いていると手の中の陶土のしなやかさが失われ、切れやすくなるからだ。

陶土を包み込んだ葵は、左右から挟み込むように土を揉《も》み上げた。親指を陶土の中心にグッと押し込むと周辺が盛り上がり、みるみる鉢のような形になる。そのまま右手の親指と人差し指の間に縁を挟み、厚みを均等にしていった。

手首や指の力加減を微妙に調節しながら、葵は素早く形を作っていく。親指と人差し指で縁を挟み込む動きを専門用語で〝締める〟というが、あとで割れないように陶土の密度を高くすることをいい、指の感覚で締め具合を確認した。

最後にすべての指を少しずつ縁のほうへ沿わせていき、スッと器から手を離す。わずか十秒ほどで茶碗が出来上がり、水に浸していた〝シッピキ〟という道具で器をろくろから切り離した。

そして左右の指三本ずつを使って器をそっと持ち上げ、板に移す。これを一時間ほど繰り返し、板の上がいっぱいになったところでふうと息をついた。

（今日の量産のノルマは、これで終了。ちょっと休憩しよう）

手を洗い、冷蔵庫から水のペットボトルを取り出して、一口飲む。

スケッチブックをめくると、新作の器のアイデアが鉛筆でびっしり描かれていた。

今考えているのは、柏木から依頼されているフレンチレストランの食器デザインだ。

昨日、葵は彼に招かれて自宅を訪れ、ランチをご馳走になった。ディナーに比べて品数は少ないと言っていたが、柏木の料理を口にした葵はカルチャーショックを受けた。

まず盛りつけが繊細で、色遣いがとても美しい。白い皿の上に載せられた料理はまるでアートのようで、感性に強く訴えかけてきた。

そして味も素材の良さを十二分に引き出しており、切り方や火の入れ方で食感にこだわっているのがよくわかる。ひとつひとつの料理を口にするたびに新鮮な感動があり、今も思い出すだけでうっとりした。

彼は以前神戸のレストランでシェフをしていたといい、葵は昨夜インターネットで柏木の名前を調べてみた。するとBrindilleという店は予約が取れないほどの人気店で、彼が有名なシェフだったことがわかり、驚いた。

（ちょっとネットを検索するだけで、柏木さんやお店の記事がいくつも出てきた。どれも料理を絶賛する内容だったから、きっとすごいシェフなんだろうな）

そんな柏木から、彼の作る料理を引き立てる食器の制作を依頼され、身が引き締まる思いになる。プレッシャーは大きいものの、やりがいのある仕事だ。料理を食べたときの感動が冷めやらず、時間を見つけてはデザインを描いているものの、まだ上手くまとまらない。だが全体のイメージは、少しずつ固まってきた気がする。

（柏木さんの作る料理は色彩が鮮やかだから、それを引き立てるための〝余白〟を作りたい。だったらあえて大きな縁《リム》をつけて、段差で余白部分を広くするのはどうだろう）

皿に段差をつければ、そこには何も盛りつけないことになり、中央部に盛られた料理に自然と視線が引きつけられる。

しばらく気が赴くがままにデザイン画を描き、ふと時計を見ると午後五時近くになっていた。スケッチブックを閉じた葵は、工房の片づけを始める。

使いかけの陶土をまとめ、床を軽く掃き掃除し、作った器の乾燥具合を確かめた。

そして午後五時半に施錠して一旦自宅に寄ったあと、車に乗り込んで向かったのは伯父の勇雄《いさお》の家である御堂《みどう》家だ。

こうして本家に日参するのは、葵の日々のルーティンに含まれていた。もう三年も欠かさず通っているのだから、いっそあの屋敷で一緒に住むべきなのかもしれない。だが独り暮らしをするのは、葵にとってどうしても通したい意地だった。

(あの家に住んでいたら、雑務に追われてわたしの陶芸家としての活動がおろそかになってしまう。それだけは嫌だ)

ハンドルを強く握った葵は、ぐっと唇を引き結ぶ。

御堂家は瓦屋根《かわらやね》つきの塀に囲まれた、大きな屋敷だった。伯父の勇雄は祖父から受け継いだ御堂紡績という大きな会社を経営しており、大層羽振りがいい。先祖代々この辺りの地主で、近隣では名士といわれている。

敷地内に車を停《と》めた葵は、母屋ではなく隣接した離れに向かった。そこは入り口がバリアフリーになっており、中に入ると車椅子姿の男性がこちらを見て微笑む。

「葵、今日は遅かったね」

彼は御堂和之《かずゆき》といい、葵の従兄だ。

年齢はひとつ上の二十七歳で、穏やかな顔立ちをしている。和之の膝の上にはスケッチブックがあり、テーブルの上の静物を描いていたようだった。葵はバッグを置き、目を伏せて答える。

「ちょっと、仕事が立て込んでいたから」

「量産のやつ？　今日はあまり上手くいかなかったの？」

「うん、まあ」

彼が車椅子に乗っているのは、三年前に交通事故に遭い、下半身不随になったからだ。当時大学院生だった和之は、山道で車の自損事故を起こし、腰椎《ようつい》を損傷した。多少の皮膚感覚は残っているものの、両脚の運動機能が失われ、以来車椅子で生活している。

彼が事故を起こしたのは、祖父が亡くなってわずか一ヵ月後のことだった。伯父夫妻は息子を回復させるためにさまざまな病院を受診したものの、結局歩けるようにはならなかった。

車椅子で生活するのは容易ではなく、伯父は自宅に戻ってきた息子のために離れをリフォームし、水回りや室内を使いやすくした。

だが離れには食事を運ぶときしか家政婦は立ち入らず、和之の身の回りの世話は概《おお》ね葵が担当している。彼が「他人に出入りされるのが煩わしい」と訴え、従妹《いとこ》である葵ならばと発言したからだ。

本当は断りたいのにそうできなかったのは、葵自身この家に負い目があるからに他ならない。父が亡くなった直後、外資系企業に勤めていた母の尚子《なおこ》は海外転勤の話をすぐに決めてきた。それまでの数年で夫婦関係は冷えきっており、癌《がん》で闘病中だった父を看取《みと》ったのは、せめてもの情けだったようだ。

英語ができない葵はアメリカで暮らす自信がなく、母と一緒に行くことに同意できずにいたところ、母方の祖父が「だったらうちに来ればいい」と言ってくれた。

だが風岡市から下ノ町に引っ越せば、入学したばかりの高校を転校しなければならなくなる。受験勉強を頑張って志望校に合格したためにそれもひどく抵抗があったものの、言葉がわからないアメリカに行くのよりはましだ。

そう考えた葵は、やむを得ず下ノ町で暮らすことを受け入れた。だが伯父一家にしてみれば、姪《めい》を住まわせるのは面倒以外の何物でもなかったはずで、葵は自分の立場を弁《わきま》えて気配を小さくして過ごしていた。

(でも……)

常に肩身の狭さを感じる息苦しい生活の中、祖父の工房で陶芸を見る時間だけは楽に呼吸することができた。いつしか彼と同じ陶芸家になりたいと思うようになり、母の住むアメリカに行くという選択肢は完全に消えていた。

高校を卒業したあとにすぐ弟子入りするつもりでいたものの、「他の陶芸家のところを見学し、知識を広げたほうがいい」と言ってくれたのは、他ならぬ祖父だ。

彼は若い頃から陶芸の道に進みたかったものの、曾祖父《そうそふ》が興した紡績会社を継ぐことを強要され、それがままならなかったらしい。

一口に陶芸といっても、瀬戸や備前、信楽、常滑《とこなめ》、越前、丹波という六つの種類がある。それぞれに特色があり、作業工程も微妙に違うため、自分に何が合うかを見極めたほうがいいというアドバイスだった。

かくして高校卒業後、葵はアルバイトがてら全国各地の陶芸家を訪ね歩いたが、とても実りのある一年だった。やがて瀬戸焼の師匠の元で住み込みで修業するようになり、いつか祖父の工房で一緒に仕事ができたらと考えていたが、彼は自宅で突然倒れて帰らぬ人になってしまった。

それから間もなく和之が事故で半身不随になり、伯母の真知子《まちこ》から「あの子が『葵なら』って言ってるから、身の回りの世話をお願いね」と頼まれたとき、葵は断れなかった。とはいえトイレは自力ででき、入浴は伯父が介助するため、葵がするのは離れの掃除や彼の御用聞きだ。

仕事が終わったあとに毎日御堂家に通うのは、実際かなりの負担だった。だが息子を溺愛していて、かつ自分はできるだけ面倒なことをしたくない伯母は、和之の希望を全面的に聞き入れている。

（仕方ない。……わたしはこの家に、三年間お世話になったんだから）

葵は棚の上の埃をハンディモップで落とし、床をフローリングシートで掃除する。

そして彼がネット通販で購入したものを段ボールから取り出し、箱を潰して畳んだ。

すると和之がニッコリ笑って言う。

「もう片づけはいいよ、葵。――そこに座って」

「…………」

この離れに通ってする作業の中で一番のウエイトを占めているのは、〝デッサンモデル〟だ。

下半身不随になって以来、彼は絵を描くことを趣味にするようになった。誰もいない日中は花や果物など静物のデッサンをしているが、葵が来ると人物の絵を描きたがる。

それは早ければ三十分、長いときは一時間近くに及び、大きな負担になっていた。

葵は和之を見つめ、遠慮がちに言う。

「あの、わたしは今、受注が立て込んでいて、家でも新規のデザインをやらなきゃいけないの。だから……」

「わかった。なるべく短くするから、ね?」

本当はモデルなどしたくないし、断りたい。

こうして御堂家に通う時間がなければ、自分にはもっと自由になる時間があるはずだ。

(でも……)

喉元まで出かかった言葉は結局口に出せず、葵は黙ってモデルをするべく窓際のソファに座る。そして和之がスケッチブックをめくり、新しいページに鉛筆を滑らせ始めるのを見つめながら、心の中でじっと考えた。

(伯母さんや和之はしきりに「この家に戻ってくればいいのに」って言うけど、そんなの冗談じゃない。ここに住んだら、今以上に自分の時間がなくなるのは目に見えてるもの)

祖父が生きていたら、葵がこんな役目を押しつけられることはなかったに違いない。

紡績会社の会長を引退したあとも御堂家の家長として強い発言権を持っていた彼は、きっと葵の生活を犠牲にするような真似《まね》を許さず、「和之をサポートする人間が必要なら、そういうプロを他に雇いなさい」と言うだろうことは容易に想像ができる。

だが祖父は既に亡く、制止してくれる人間はいない。伯父は不在がちで、伯母と和之がどれほど葵に無茶を言おうとも、たしなめる人がいないのが現状だった。

（柏木さんのところでランチをご馳走になったの、いい気晴らしになったし、新鮮だった。フランス料理なんて初めて食べたけど、あんなふうに非日常な感覚を味わわせてくれるなんて、料理ってすごい）

柏木は委託販売していたギャラリーで葵の作品を見つけ、わざわざ工房まで足を運んだのだと言っていた。

そんな彼の期待に応え、素晴らしい料理を引き立てるような食器を作りたい。そんなことを考えるうち、葵は知らず微笑んでいたらしい。ふとこちらの顔を見た和之が、意外そうに問いかけてきた。

「葵、どうかした？」

その声で我に返った葵は、表情を改める。

そしてポーズをキープしたまま視線を落とし、努めていつもどおりの顔で答えた。

「…………。何でもない」

＊＊＊

飲食店を開業するまでにはやらなければならないことが多く、準備には概ね一年かかるといわれている。

コンセプト検討と事業策定計画、物件探しや資金調達の目途が立ったあとは、店舗の外内装設計と施工だ。これが完了する時点で開業は三ヵ月後に迫っており、厨房設備搬入や什器と備品購入と続く。

それに並行してやるのが、メニュー開発だった。今日柏木が厨房で試作しているのは、桜鱒《さくらます》のポワレだ。表面をカリッと香ばしく焼きつけ、アサリの出汁とニンニク、アンチョビが効いたクリームソースを添えて菜の花をあしらった、春らしい一品になる。

（うん、いいな。菜の花の緑が、鱒の色に映えてる。アサリの出汁もよく出てるし）

店はきちんとしたコースを頼んでもよし、メイン料理を頼んで腹を満たしてもよし、前菜やチーズなどで酒を愉しんでもよしという、日常的にフランス料理とワインを楽しめる空間にしたいと考えている。

スペシャリテは骨付き仔羊肉《こひつじにく》のローストや鴨《かも》もも肉のコンフィ、仔牛のクリーム煮などの得意料理で、デセールにもこだわる予定だ。暇を見つけては試作を繰り返しているため、冷蔵庫は既に料理でいっぱいになっていた。

スタッフを雇っていれば賄《まかな》いとして出せるが、自分一人しかいないため、三食食べてもなかなか減らない。

(どうしたもんかな、捨てるのも勿体《もったい》ないし、ご近所に配るわけにもいかないし。そうだ、小谷さんに連絡するのはどうだろう)

陶芸家の小谷をランチに招待したのは、二日前の話だ。

あのとき彼女は「なるべく早くデザインを上げられるように、頑張ります」「出来上がり次第お持ちしますので」と約束してくれたが、まだ一度も音沙汰《おとさた》がない。

わずか二日で連絡したら、小谷は仕事を急《せ》かされていると思うだろうか。確かに早くデザインを見たい気持ちはあるが、焦らせるのは本意ではない。

彼女は他にも仕事を抱えているらしく、このあいだ訪れた工房には焼成前の器が木の板の上にずらりと並んでいた。

こちらから連絡すると小谷にプレッシャーを与えてしまうかもしれないが、物は言い様だ――と柏木は考える。

(俺の作る料理にマッチした食器を作ってもらうには、一回食べたくらいでは無理なはずだ。いろいろ味見してもらって理解を深めれば、その分いいものが出来上がる。

……うん、これでいこう)

そう結論づけた柏木は、スマートフォンで小谷の工房に電話をかけた。するとコールが四度目くらいで「はい、工房小谷です」と彼女が出る。

「お疲れさまです、柏木です」

『お世話になっております。先日はご馳走さまでした』

小谷は折り目正しく挨拶したあと、「あの」と言葉を続ける。

『すみません、食器のデザインのほうですが、まだ……』

「ああ、いえ。そのことなのですが、ご提案があってお電話しました。小谷さん、これからうちに来ませんか」

『えっ?』

「実は店のオープンに向けて、連日メニューの試作をしておりまして。作った料理を食べきれず、余って仕方ないんです。何しろ僕は一人ですから、毎食消費するにも限界が」

すると彼女は、戸惑ったように言う。

『でも、ご迷惑なのでは……。わたしではなく、ご近所さんにお裾分けしてはいかがですか？　きっと喜ばれると思います』

「ご近所さんにお裾分けしてしまうと、〝店〟と〝客〟という関係が曖昧になってしまう気がするんです。人間の心理的に、それまで無料《ただ》で食べられたものに、わざわざお金を払おうとは思いませんから」

『あ……確かにそうかもしれないですね』

「ですから取引業者さんである小谷さんに食べていただくのが、一番いいんです。それにこのあいだ一度食べたくらいでは、食器を制作するに当たってのイメージをつかみにくいですよね。ですから、ぜひ」

柏木の説得に納得するところがあったのか、小谷が頷いた。

『わかりました。そういうことでしたら、お昼にお伺いします』

「ええ。お待ちしています」

通話を切った柏木は、思わず微笑む。

彼女が来てくれると思うと、心が躍った。この地に来てからはまだ親しい人間がおらず、せっかくできた小谷との縁を大切にしたいと思っていた。

やがて正午過ぎに車で訪れた彼女は、袋にいっぱいのデコポンを持ってきていた。

「これ、おつきあいのある陶芸家の方から送られてきたもので、お裾分けです」

「ありがとうございます」

手に取ってみると、皮は濃い橙色《だいだいいろ》でヘタの部分は青く、ずっしりとした重みがある。

柏木は笑顔で言った。

「すごくいい品ですね。後日デセールの試作に使わせていただきます」

前回はランチのコースを提供したが、今日はカジュアルにガラス製の保存容器に入った料理をいくつもテーブルに並べた。

これにパンとチーズ、フランス語で〝シャルキュトリー〟といわれるハムなどの加工肉を出せば、立派な昼食だ。柏木はひとつひとつ説明した。

「これは蛸《たこ》とセロリ、トマトのマリネ。鶏肉とレバーのパテは、カンパーニュに付けてどうぞ。それからこっちは桜鱒のポワレにアンチョビのソースを掛けたもの、赤い煮込みはトリッパと白いんげん豆のトマトソース煮です」

「トリッパ……」

「牛の内臓です。癖がなく、美味しいですよ」

テーブルの上の料理を眺めた彼女が、感心したように言う。

「てっきりこのあいだみたいにきちんとしたお料理が出てくるのかと思ってたんですけど、こうやって目の前にたくさん並べられるのもわくわくしますね」

「店はコース料理も出しますが、近所の人が気軽に来てワインと料理を愉しめるような空間にしたいんです。アラカルトは日本の小料理屋のように、カウンターにずらっと並べるのもいいかなと」

「楽しそうです」

小谷が笑い、その可愛らしさに柏木はふと目を奪われる。

第一印象の彼女は静かで凛とした雰囲気で、顔立ちのきれいさも相まってどこか硬い感じがしていた。だが笑うと花が綻《ほころ》んだようで、一気に親しみやすさが増す。

有機野菜をグリルしたものにタプナードソースを掛けたものと、ローストポークなどを取り分けてやると、小谷が「ありがとうございます」と礼を言った。そしてパンを手に取り、鶏肉とレバーのパテを塗ったものを頬張った途端、目を瞠って言う。

「ハーブの香りが効いていて、レバーの臭みが全然ないですね。すごく美味しいです」

「ハーブはナツメグとローリエの二種類を使っています。レバーは水で揉み洗いを繰り返すことで臭みを抜いているので、濃厚さがありつつ食べやすい味になっていると思います」

ノンアルコールのシャンパーニュを勧めると、彼女が「いただきます」と頷く。

グラスに注いで乾杯をしたあと、小谷が桜鱒のポワレを眺めて問いかけてきた。

「こんなに手の込んだ料理を作れるなんて、プロの料理人はやっぱりすごいです。柏木さんは、あちこちで修業されたんですか？」

「日本の専門学校を卒業して、二十歳から五年間フランスに行っていました。向こうではいろいろな地方の店で働いて、それぞれ特色があって楽しかったですよ。六店舗目で働いていたとき、日本人の実業家に『日本で店をやらないか』というスカウトを受けて、こっちに戻ってきたんです。それから七年間、神戸の店でシェフをしました」

「そんな経歴のある人が、どうしてここに……」

それを聞いた柏木は、苦笑して答える。

「有名店のシェフとしてのスタンスに、疲れてしまったからです。僕をスカウトしたオーナーがやり手の実業家だったこともあり、Brindilleは瞬く間に人気店になりました。毎日予約でいっぱいで、高級食材も惜しみなく使わせてもらえる。メディアの取材も多く、傍《はた》から見れば成功している人間に見えていたでしょうが、だんだんそういうのに違和感をおぼえていったんです」

フランスで働いていたときは日本よりも料理人と客の距離が近く、反応をダイレクトに感じることができた。

だがBrindilleは多忙で、店のオープンから閉店まで厨房にこもって腕を振るうしかない。ときどき客席に呼ばれて挨拶をしても、溜《た》まっているオーダーのことばかりが気になってしまい、相手の言葉が上滑りしてまったく耳に入ってこなかった。

忙しさで気持ちの余裕がなくなっていき、「もしかすると、客は有名店に来たということで虚栄心を満たしていて、料理の味は二の次なのではないか」という思いにかられるようになって、柏木はそんな傲慢《ごうまん》な考え方をする自分が嫌になってしまった。

ワイングラスの脚《ステム》を握りながら、柏木は「だから」と言葉を続ける。

「今までとは全然違う環境で、もっと客に近いスタンスで仕事をしたいと考え、ここに来たんです。でも〝都落ち〟だと言う人もいて、こればかりは考え方の違いですね」

こちらの話を、小谷は興味深そうに聞いている。柏木は彼女に水を向けた。

「小谷さんも、あちこちで修業をされたんですか？」

「はい。高校を卒業して一年くらい、アルバイトがてらさまざまな陶芸家さんのところでお世話になりました。それは『いつか祖父と同じ工房で働きたい』という気持ちがあったからなんですけど、四年間住み込みで修業しているあいだに急に亡くなってしまったので、結局叶《かな》いませんでした」

「そうでしたか。でも、この下ノ町は緑が豊かで長閑ですから、住みやすいのではないですか？」

するとと小谷はわずかに表情を曇らせ、やるせない表情で答える。

「よそから来た人には、そう映るんですね。ここは善《よ》くも悪くも典型的な田舎ですから、〝暗黙の了解〟が当然のようにまかり通っていて……ときに息苦しくなります。祖父の遺《のこ》した工房を守るという思いがなければ、わたしはとっくにこの町を出ていたかもしれません」

彼女の言葉が意外で、柏木はかすかに目を瞠る。

〝暗黙の了解〟とは、一体何のことだろう。まるで現状に閉塞感《へいそくかん》をおぼえているかのような発言に、一瞬何と答えていいかわからなかった。それに気づいた小谷が、慌てた顔で言う。

「すみません、変な話をして。柏木さんのように新しい人がどんどん来てくれたら、この街の雰囲気も変わるかもしれません。こんなに美味しい料理が下ノ町で食べられるんですから、きっとお店は繁盛しますよ」

その後、食後のコーヒーを飲みながら、彼女は持参したラフスケッチを見せてくれた。スケッチブックをめくった柏木は、興味深く眺めながら言う。

「いいですね。皿の中心部に近い位置に段をつけることで大きく余白を作り、料理を引き立てるフレームのような効果を狙《ねら》うわけですか」

「はい。氷裂貫入は、色のグラデーションをつけることでだいぶ表情が変わります。縁を金で加飾するとよりゴージャス感が増しますが、そこは好みですね。実際に試作してみないとわからない部分もありますけど」

使用する土の種類によっても、仕上がりがまるで違うのだという。

〝白土《はくど》〟は一般的に使われる土で、陶土の状態だとグレーがかっているが、焼成後は白っぽくなるため、釉薬を掛けると濁りのないそのままの色合いを出せる。

〝黒土《こくど》〟は白土に黒い顔料を混ぜ合わせ、焼き上げるとグレーがかった黒になるもので、モダンな印象だ。だがコシが弱く扱いにくいこと、そして白土や赤土《あかつち》より値が張るというデメリットがあり、作品の価格がやや高くなるという。

「わたしは磁器に使う陶土と白土を混ぜた、〝半磁土〟もよく使います。肌理《きめ》が細かく滑らかで、陶土よりも白く焼き上がるのですが、陶磁土ほどの透明感はありません。

でも手びねりやろくろ成形、鋳込《いこ》みと、さまざまな成形方法で使用できるので、扱いやすいです」

「では、〝どの土を使うか〟という部分から考えなければならないんですね。奥が深いな」

「はい。試作品を作って、柏木さんが直接触れて確かめられるようにしますから、もう少しお時間をください」

そこで柏木はふと思いつき、小谷に向かって言った。

「小谷さんが作品制作している現場を、見せていただくわけにはいきませんか？」

「えっ？」

「興味があるんです。あれほどの作品を生み出す過程は、どんなものなのか」

するとと彼女は眉を上げてつぶやいた。

「別にそれは、構いませんけど……。ときどきワークショップもやっていますし」

「よかった。いつがよろしいですか？」

小谷が少し考え、「明日は納品があるので、明後日《あさって》なら」と答える。柏木は気分が高揚するのを感じながら、笑顔で告げた。

「では明後日の午後一時に、工房にお邪魔させていただきます」

第三章

雪解けのあとは少しずつ気温が上昇し、日ごとに春らしさが増していく。

工房を囲む雑木林は木々に芽吹きの気配があり、枝に緑の新芽が見えていた。地面の草も少しずつ生えてきていて、窓からの眺めが緑一色になるのもそう遠くないに違いない。

器を作る工程はいくつかに分かれており、成形から完成までは最短で一週間、長くて一ヵ月かかる。

成形はろくろの他、陶土を板状に伸ばし、型に押し当てるなどして形を作る〝たたら成形〟、水でドロドロの液状に伸ばした陶土を石膏でできた型に流し込んで形を作る〝鋳込み成形〟があり、用途にあったやり方で形を作っていた。

作ったものは乾燥や焼成の過程で幾分縮むため、目標よりひとまわりほど大きく成形するのがポイントだ。ろくろで成形した場合は底の部分が厚くなりがちで、数時間から半日ほど乾かしたあとで削る作業が必要だった。

まずは削る前に底の厚さを測り、印をつけておく。そしてろくろの上に器を伏せて載せ、カンナの角で底の真ん中を小さく凹ませて指で押さえる部分を作った。

そして先端にステンレスの輪がついた〝かきべら〟で、ろくろを低速で回しながら器の余分な部分を削り取っていく。表面が荒れないよう、力を加減しながら少しずつ削り、高台の部分が終わったあとは器の表面の厚みを微調整した。

形が整ったら、陶土が乾ききるまで数日間乾燥させる。完全に乾燥したら電気釜に入れて八〇〇度の温度で素焼きするが、窯を動かすと光熱費がかかるため、内部に隙間《すきま》ができないように作品でいっぱいにしなくてはならない。

逆をいえば、そこまで作品が貯まらなければ焼成工程に入ることができず、木の板の上に並べられた器を眺めた葵は小さく息をつく。

（ようやく数が貯まったし、明日には焼成に入れるかな。その前に、削りカスをまとめておこう）

削ったカスも再生混錬機にかければ、陶土として再生できる。

時刻を見ると、あと十五分ほどで午後一時になるところだった。これから来る柏木のため、葵はミニキッチンでコーヒーの用意をする。

ドリッパーにペーパーをセットし、電気ケトルに水を注ぎながら考えた。

（仕事を依頼されてるとはいえ、柏木さんと急速に距離が縮まってる感じがする。

……何だか落ち着かない）

葵から見た彼は、とても爽やかな人物だ。

口調は丁寧で折り目正しく、笑顔が柔和で親しみやすさがある。会話は如才なく、上手く話題を繋《つな》いでくれるため、普段人と話す機会が少なく口下手な葵でもスムーズに話せていた。

何より素晴らしいのは、料理だ。最初のときのコースはもちろん、一昨日カジュアルに出された料理も見た目からして食欲をそそり、味もよかった。

（フランスで修業して、神戸ですごいお店のシェフをしていたんだから、料理の腕がいいのは当たり前かもしれないけど。……下ノ町に来た理由が意外だったな）

何気なく下ノ町に移住した理由を尋ねたところ、柏木は「有名店のシェフとしてのスタンスに、疲れたからだ」と語った。

忙しさで気持ちの余裕がなくなり、今までとは全然違うところで心機一転、もっと客に近いスタンスで仕事をしたいと考えたのだと。

人が羨む環境でトップクラスのシェフとして腕を振るっていても、その立場にいる者にしかわからない苦しみやストレスがあるのだろうか。彼が下ノ町の緑の豊かさや、住人の人間性に好感を抱いているらしいのを感じた瞬間、葵は何ともいえない気持ちになった。

（柏木さんはここをすごくいいところだと思っているようだけど、わたしは逆だ。

……できることなら、今すぐ出ていきたい）

その足枷《あしかせ》になっているのは、祖父が残したこの工房だ。

彼の匂いが色濃く残るここから、離れたくない。父を亡くし、母親が仕事を理由に外国に行ったあと、肩身が狭い思いをしながら伯父の家で暮らす葵に、唯一温かな愛情を向けてくれたのが祖父だった。

かつては紡績会社の社長で、その経営手腕で飛躍的に会社を大きくしたという彼だったが、葵の目から見てそんな片鱗《へんりん》は微塵《みじん》もなかった。いつも穏やかに土と向き合い、武骨な指から信じられないほど繊細な器を作り出す様は魔法のようで、その仕事ぶりを眺めるのがとても好きだった。

いつか祖父の工房で、一緒に仕事がしたい――その一心で日本全国の陶芸家を訪ね歩き、勉強のために四年間師匠の元に住み込みで弟子入りした。

今は目標だった祖父が亡くなってしまったのだから、下ノ町を出て他のところに工房を構えればいいのかもしれない。だが自分がいなければここはただ廃《すた》れていくだけであり、思い出のある場所がそうなることに葵は耐えられなかった。

普段は工房で一人で仕事をしており、ときどき納品に行ったり頼まれてワークショップを開催したりするものの、人と接する機会が圧倒的に少ない。

そんな中、柏木と交流することはとても新鮮だった。だが人づきあいが得意ではないがゆえに、急に距離を詰められるとどうしていいかわからない。

（確かに料理をご馳走になるのは、器作りのイメージをつかむのにかなり役立った。柏木さんがわたしの仕事を見たいっていうのも、普通といえば普通なのかな）

問題は、近所にどう見られるかだ。

葵は彼に「下ノ町は、善くも悪くも典型的な田舎だ」と語ったが、それは住人たちの周囲に対する異様な関心を示している。彼らは近所の動向に常に目を光らせており、どんな些細《ささい》な話でも瞬く間に広まるのが常だった。

柏木は数年ぶりの移住者であり、誰もが興味津々だ。自宅のリフォーム中、入れ代わり立ち代わりに近所の者が様子を見に来ていたというから、きっとかなり噂《うわさ》になっているだろう。

（そんな人と親しくしてるのがばれたら、何を言われるかわからない。〝仕事の繋がり〟っていう大義名分は、一応あるけど……）

そんなことを考えているうちに電気ケトルの湯が沸き、葵はドリッパーにセットしたペーパーにコーヒーの粉を入れる。

少しずつ注湯してコーヒーを落とし、ケトルを置いたところで、外で車の音がした。やがてドアの開閉音が聞こえ、入り口から柏木が姿を現す。

「こんにちは」

「あっ、こ、こんにちは」

思わず挙動不審になりながら、葵は上擦った声で返事をする。

彼は箱を持参していて、それをこちらに差し出して言った。

「一昨日いただいたデコポンで、デセールを作ったんです。一緒におやつとしてどうかと思って持ってきました」

「そんな、お気遣いいただかなくてよかったのに」

「これも試作の一環です。どちらにせよ、一人では食べきれないので、遠慮せずどうぞ」

箱を受け取って開けてみると、中にはデコポンのゼリーとロールケーキが二つずつ入っていた。

まるで売り物のようなクオリティのそれを、葵は感心して見つめる。せっかく試作品を持ってきてくれたのだから、食べて感想を言うべきだ。

そう考え先ほど落としたコーヒーをカップに注ぎ、ロールケーキも皿に移す。すると柏木が、「あ、僕の分は結構ですよ」と言った。

「えっ、でも」

「先ほど出来上がったときに、味見をしましたので。全部小谷さんに持ってきたんです」

何となく自分だけが食べるのに気が引けながら、葵は彼の前にコーヒーとお茶請けのクッキーを置き、「どうぞ」と告げる。

そして自分も向かいの席に座り、フォークを手に取って言った。

「いただきます」

一口食べると、ふんわりとした食感のスポンジから爽やかなデコポンの香りがし、果肉のジューシーな甘みが広がって、びっくりするほど美味しい。

葵は目を瞠ってつぶやいた。

「すごく美味しいです。スポンジからもデコポンの香りがして」

「搾《しぼ》った果汁をシロップにして、巻く前のスポンジに染み込ませているんです。生クリームの甘さは控えめにし、中に巻いた果肉のジューシーさを味わえるようにしています」

料理だけではなく、デザートまでパティシエ並みに作れるとは、驚きだ。

感心する葵をよそに、彼は木の板の上にずらりと並べられた素焼き前の器を見て問いかけてきた。

「これは、これから焼くものですか？」

「はい。何度も窯を使うと電気代がとんでもないことになるので、ある程度数をまとめて焼いてるんです。ようやく貯まったので、明日焼成しようと思っています」

「なるほど」

柏木はコーヒーをブラックで飲んでいて、それを見た葵は口に合っているのかどうかが心配になる。

シェフならば相当舌が肥えているはずで、もし不味《まず》いと感じていたら申し訳ない。

そんなことを考えていると、彼がふと気づいた顔で問いかけてきた。

「どうかしましたか？」

「いえ。お出ししたコーヒーの粉が、スーパーの特売品なので……もしかしたら、柏木さんのお口に合ってないのではないかと思って。だって料理人ですし」

モゴモゴと告げると、柏木は意外なことを言われたように眉を上げ、噴き出す。

そしてどこか楽しそうに言った。

「普通に美味しいですよ。シェフだから毎日すごいものを食べていると思ってるかもしれませんが、僕はジャンクな食べ物も全然平気です。何ていうか、それはそれ、これはこれという感じで」

「そ、そうなんですね……」

気恥ずかしさをおぼえ、葵は目を伏せる。

ロールケーキを食べ終えたあとは、以前作った作品を彼に見せて説明した。

「先日、使用する土の種類によって仕上がりがまるで違うと説明したと思いますが、これが白土を使った作品です。焼成後の色は白く、釉薬の色調がはっきり出ています」

「はい」

「そしてこれが、陶土と白土を混ぜた〝半磁土〟の作品です。陶土よりも白く、滑らかな質感に仕上がります」

作品を手に取った柏木が、考え深げにつぶやく。

「確かに白土のマットな白よりも、幾分透明感がありますね。店で使う食器なら、こっちの質感のほうが好きです」

氷裂貫入の器は、色のグラデーションをつけたものとそうではないものを見せ、どちらがいいか決めてもらう。

縁を金で加飾したものも気に入ってもらえ、「全部ではなく、いくつかあってもいいかも」という返答をもらった。葵は笑顔で言った。

「柏木さんは曖昧な返事をせず、気に入ったものをはっきり言ってくださるので、助かります。変に遠慮されると、こちらはクライアントの好みがわからず、イメージをつかみにくいので」

「ああ、そうですよね」

話しているうちに具体的なアイデアが固まってきて、葵は「やっぱり工房に来て、実物を見てもらえてよかったな」と考える。

その後は電動ろくろで器を作る様子を、柏木に見てもらった。わずか十秒ほどで形を作り上げるのを見た彼は、興奮気味に言う。

「こんなに短時間でできるものなんですか？　しかも形がきれいに整っている」

「自分の理想の形の器を作るためには、意外かもしれませんが〝スピード〟が大事なんです。イメージした形に近づけようとすると、普通は何度も手を加えたくなりますよね。でもそこをぐっと抑えて、最小限の動きで作るのを心掛けています」

つい手数が多くなるのは、技術と作る量、つまり〝経験値〟が足りないということだ。祖父や師匠に比べたらまだまだだと葵が語ると、彼は感心した顔でつぶやいた。

「やはり陶芸は、奥が深いですね。ハンドメイドでこんなに寸分違《たが》わず同じものが作れるなんて、尊敬します」

「もちろん完璧ではないので、少し乾いたら削ってフォルムを整えたりはしますよ。それに量産のものは、石膏で作った型を使ったりもしますし」

そこで葵はふと思いつき、柏木に提案した。

「柏木さん、ろくろで何か作ってみませんか？　簡単な湯呑《ゆの》みとか」

「えっ？」

「ワークショップでも、受講者さんにろくろ体験をしてもらってるんです。粘土に触るのが嫌じゃなければ、ぜひ」

すると彼は驚きつつも、「じゃあ……」と頷く。葵は微笑んで言った。

「では基本的な土の扱い方をレクチャーしますので、よく見ていてください」

電動ろくろの前に座り、陶土を載せる。スイッチを入れ、一番遅い速度にして説明した。

「まずは手に水を付けて土を上に伸ばし、真っすぐな棒状にしたあと、湯呑みの大きさを決めます。そして作品の底に当たる部分に中指か薬指、小指のいずれかを当てて、くびれを作ります。これを〝土取り〟といいます」

指をクロスして土を包み込み、肘を両膝で固定するのは、初心者はそのほうが安定するからだ。

手のひらを使って両側から締めつけるようにしながら丸みを作ったあと、親指一本を土の中心に入れ、ゆっくり沈めていった。

「両手の親指を入れて、底の部分を少し広げます。左手の親指を使って土を挟み、少しずつ上に引き上げていきますが、右手は本体がぶれないようにそっと触れて支えます。このとき、こんなふうに口がぶれた場合は」

葵がわざと口の部分を歪ませると、柏木が「あっ」と声を漏らす。それを横目に、言葉を続けた。

「両手で輪を作り、肘を膝で固定して作品を包むようにすればブレが修正できますので、覚えておいてください。今度は右手を内側、左手を外側で、厚さを整えつつ壁を伸ばしていきます」

口の部分の高さが違ってしまった場合は、口を切って革で〝なめし〟をかければ、きれいになる。

最後に土取りして入れた溝に、〝シッピキ〟という糸がついた道具を巻きつけ、ろくろから切り離せば完成だ。

湯呑みの底の厚さが充分にあると、たとえすぐに動かしても形は歪まない。出来上がった湯呑みを木の板に移した葵は、立ち上がって柏木に席を譲った。

「では、早速やってみましょう」

「はい」

隣に立ち、マンツーマンで彼にレクチャーする。

土取りは難なくできたが、親指を沈めて底を広げる時点で形が崩れてしまった。もう一度土を盛り、最初からやり直して壁を作るところまでいったものの、またしても形を崩してしまう。柏木が唸《うな》りながら言った。

「力の加減が難しいですね。すぐに歪んでしまって」

「力はいらないので、あくまでも指を〝添えるだけ〟と意識してみてください。口の部分は、さっき言ったように両手で輪を作れば修正できますよ」

葵は「失礼します」と言って、斜め後ろから彼の手の上に自分のそれを重ねる。

そしてやんわりと力を込めながら告げた。

「こうやって両手で少し圧をかければ、形の歪みは何度でも修正できます。納得いく形になるまでやってみてください」

そう言って何気なく視線を上げた瞬間、思いがけず近くで柏木と目が合う。間近で見る彼の顔は端整で、心臓が跳ねた。その手の大きさや固さまでをも意識してしまい、じんわりと頬が熱くなるのを感じた葵は、急いで身体を離して言う。

「す、すみません。ちょっと近いですね」

「いえ」

それから時間をかけて成形し、何とか湯呑みが完成した。木の板に移すと、それを見た柏木が充実した表情で言う。

「自分で作ったのだと思うと、何だか感動です。自分の手の中で形を変えていく土の感触がすごく面白くて、これは嵌まる人が多いのも頷けますね」

「よかったです」

初めてのろくろ体験を楽しんでもらえ、葵はホッとする。「出来上がった湯呑みはこのまま乾かし、明日他の作品と一緒に焼成する」と告げたところ、彼は眉を上げてこちらを見た。

「いいんですか？」

「はい。せっかくなので、釉薬掛けなどもやってみませんか？　好きな色にできますから」

「ぜひ」

気がつけば時刻は午後二時を過ぎており、柏木が壁掛けの時計を見て言う。

「そろそろお暇《いとま》します。お仕事の邪魔をしてすみませんでした」

「いえ、こちらこそ美味しいデザートを差し入れてくださって、ありがとうございました。空き時間にいただきます」

食器のデザインはもう少しブラッシュアップし、完成させたあとに連絡すると告げると、彼が頷く。そして葵を見つめて提案してきた。

「また近いうちに、うちにランチに来ませんか？　試作品が余っていますし、感想を言っていただけたら助かるのですが」

「それは……」

葵は言いよどみ、小さな声で答えた。

「柏木さんのお宅にお邪魔するのは……できれば遠慮したいと思っています。ご近所の目が気になるので」

それを聞いた柏木が、意外そうにつぶやく。

「ご近所の目、ですか？」

「はい。この辺りの人たちは噂話が好きで、常に周囲のことをよく見ているんです。

柏木さんは引っ越してきたばかりで注目度が高いですから、いくら仕事絡みとはいえわたしが頻繁にご自宅にお邪魔すると、おかしなふうに見られてしまうかもしれません。ですから」

話しているうちに何ともいえない気持ちになり、葵の声が尻すぼみになる。

田舎特有の嫌な部分を彼に教えれば、もしかしたら柏木がこの町に抱いている好感度に影響してしまうかもしれない。

だが自分が彼の自宅に出入りしたくない理由を説明するには、はっきり告げるしかなかった。

するとこ葵の顔を見つめた彼が、口を開く。

「なるほど。僕との関係で妙な噂を立てられては困るので、うちの店には極力出入りしたくないと」

「も、申し訳ありません、失礼なことを言って。柏木さんにご迷惑をおかけするのは忍びないので、必要以上に親しくするのはお断りしたほうがいいのではないかと思ったんです。お仕事を依頼してくださったのはうれしいですし、全力で取り組む気持ちに嘘《うそ》はありません。でも……っ」

葵が必死に言い訳すると、柏木がそれを遮って言った。

「ひとつ確認したいのですが、それは小谷さんにおつきあいしている人がいるからということですか？　要は交際相手に誤解されたくないために、僕とは必要以上に馴《な》れ合《あ》いたくないと」

「違います、そんな人はいません。ただご近所で妙な噂が立って、柏木さんの評判に傷がつくことがあれば、お店のオープンにも差し支えるのではないかと思って、それで……」

それを聞いた彼が、ニッコリ笑う。そしてこちらを見下ろし、意外なことを言った。

「そうですか。だったら僕は、遠慮はしません」

「えっ？」

「でも小谷さんに肩身の狭い思いをさせるつもりはないので、うちにお誘いするのは自重します。その代わり、僕がこの工房に来るのは問題ありませんよね？」

葵は戸惑い、「あの……」と言いよどむ。そんな様子に構わず、柏木が言葉を続けた。

「何しろ依頼した食器制作の進捗《しんちょく》を確認するという、立派な用事があるわけですし。その際に料理を持ってきますから、感想を教えていただけるとうれしいです」

「ま、待ってください。わたしが言っているのは、そういう意味ではなくて――」

葵は必死に言い募ろうとしたものの、彼は腕時計で時刻を確認し、ポケットから車の鍵を取り出す。

「さて、僕は打ち合わせに行かなければ。敷地の一部を畑にできるので、自家栽培に挑戦してみようと思ってるんです。その話をしたら、生産農家の人がアドバイスをしてくれると申し出てくれて」

「――……」

「思いがけずろくろ体験をさせていただけて、とても有意義な時間でした。食器のデザイン、楽しみにしています」

＊＊＊

フランス料理の味の決め手はソースであり、その元となるのは〝フォン〟、つまり〝出汁〟だ。

今作っているのはフォン・ド・ヴォライユで、フランス語で〝鶏の出汁〟になり、オーブンで焼き色をつけた鶏ガラや香味野菜を煮出した褐色の出汁のことを指す。フォンがしっかりしていないと料理全体に影響するといわれ、手が抜けない作業だ。

まずは鶏ガラに付着した内臓などを取り除き、きれいに掃除しておく。オーブンで焼く理由は、タンパク質を加熱し続けると発生する〝メイラード反応〟を引き出すこと、食欲をそそる香りを抽出するためだ。

柏木は一三〇度の低温に設定したオーブンで、鶏ガラと手羽をじっくり四時間焼いた。水分がほぼなくなり、全体にきれいな焼き色がついたら取り出して、今度は人参や玉ねぎ、セロリやニンニクといった香味野菜を天板に並べ、一二〇度で焼く。

野菜は端から焦げやすいため、ある程度まで火入れしたらオーブンから出し、油を多めに引いたフライパンで焼き色をつけていくのがコツだ。中火から弱火で加熱し、ちょうどいい色がついたものからトングで取り出していく。

作業をしながら、柏木は小谷葵について考えた。彼女と知り合ったのは、三週間ほど前だ。店で使う食器の参考にするために訪れたギャラリーで、小谷が作った皿に一《ひと》目惚《めぼ》れし、工房を訪れた。

あれからデザインが決まり、今は試作品を確認した状況だ。白黒のシリーズを中心に複数の大きさのものを作ってもらったが、丸皿は段をつけて余白を大きく取ることで料理を際立たせ、中鉢は縁の部分が流れるような曲線で、エレガントな表情がある。

何より目を引くのは、氷裂貫入の皿だ。グレーのシックな色合いのグラデーションが美しく、思わずため息が出るような仕上がりだった。これから七月の店のオープンに向け、予定数を制作してもらうことになっている。

(やっぱり彼女は、すごい陶芸家だ。技術はもちろん、デザインが女性らしくて、作品のフォルムに色気がある)

柏木は小谷の作る器に、すっかり魅了されていた。

彼女の食器に自分の料理を盛りつけると思うと、心が躍る。試作品の器はどれも素晴らしく、目にしただけでどんどん創作意欲が湧いて、その後のメニュー作りがとても捗《はかど》った。

小谷に制作依頼して以降、柏木は少しずつ彼女と交流を深めてきた。自宅に招待してランチのコースをご馳走したのを皮切りに、作った料理を食べてもらったり、デセールのお裾分けに工房を訪れたりと、自分なりのやり方で友好な関係を築くべく努めている。

小谷の工房で電動ろくろを使った湯呑み作りを体験させてもらったときは、かなりのカルチャーショックを受けた。とにかく陶土が柔らかく、扱いが難しい。ろくろを回しながらだと口の部分が歪んだり、全体の形が崩れるのはあっという間で、何度もやり直す羽目になった。

陶芸の難易度を痛感している中、小谷がこちらに手を添えて修正を手伝ってくれたが、そのとき思いのほか身体が近くドキリとした。彼女は色白で、指が長くすんなりとしたきれいな手をしている。しっとりとした感触のそれが自分の手の上に重なり、間近にある身体からは仄かに花のような匂いがして、その整った横顔に柏木は釘付《くぎづ》けになった。

目が合った瞬間、狼狽《ろうばい》した小谷はじわりと頬を赤らめ、身体が近すぎたことを謝ってきた。初心なその様子は、柏木の中でひどく印象に残った。

（俺は……）

彼女に対しては、初めて会ったときから好感を抱いていた。

まず作品に一目惚れし、それを作ったのが若い女性ということに驚いた。実際に会った小谷は物静かな雰囲気で、その落ち着きぶりが好ましかった。

受け答えは丁寧だが人見知りらしい一面も垣間見え、普段着でランチに訪れたときの狼狽《うろた》えぶりのギャップが可愛らしく、柏木は彼女と打ち解けたくてたまらなくなった。

自分の料理を見て素直に感嘆の表情を浮かべたり、言葉を尽くして感想を言ってくれたり、スーパーで購入したというペーパードリップのコーヒーを「柏木さんのような料理人の口には合わないかもしれない」と心配するところなど、素直で世間ずれしていない面を目の当たりにするたび、少しずつ好感が積み重なっていった。

だからだろうか。小谷が「柏木さんのお宅にお邪魔するのは、できれば遠慮したい」「ご近所の目が気になるので」と言ったとき、柏木はもどかしい気持ちになった。

別に疚《やま》しいことをしているわけではないのだから、誰と会うのも自由なはずだ。それなのに近所の目を気にして尻込みされ、苛立《いらだ》ちに似た思いが柏木の心を満たした。

気がつけば柏木は、彼女に交際相手がいないのを確認した上で「だったら僕は、遠慮はしません」と告げていた。こちらには小谷に依頼した食器制作の進捗を確認するという大義名分があり、顔を合わせるのに何の不都合もないはずだ。

自宅に招くのは控える代わりに、自分が工房に通う――そう宣言したとき、柏木は己の気持ちをはっきり自覚していた。

(俺は小谷さんを、女性として意識してる。……せっかく繋がった縁を切りたくないくらいに)

出会って間もないため、まだその感情ははっきりと恋愛まではいっていない。

だが他の仕事相手に比べて、明らかに関心の度合いが違う。何より小谷の陶芸家としての才能を尊敬しており、その人間性も含めてもっと深く知りたいという気持ちが湧いてたまらなかった。

控えめな性格やきれいな容姿も好ましく映っており、誰かに対してここまで執着する自分に、柏木は驚いている。

(こっちに来る前につきあっている相手はいたけど、互いにわりとドライだった。向こうも仕事優先の人間だったから、熱烈な恋愛って感じではなかったし)

しかし彼女は、違う。

自分から異性に近づきたいと思い、実際に行動に移すなど初めてだ。こちらの言葉を聞いた小谷は戸惑った表情をしており、明らかに及び腰だったが、柏木は引くつもりはなかった。

あれから二週間、柏木は数日置きに工房を訪れては、彼女と交流している。試作した料理やデセールを持参し、一緒に昼食を食べたりお茶を飲んだりしたあと、制作途中の食器を見せてもらうのが常だ。

素焼き前の皿がずらりと並ぶ様を見ると、気持ちが高揚した。焼き上がりがどんな感じなのか、釉薬を掛けたあとの変化を想像し、わくわくが止まらない。

近頃は自分も器作りに触れているため、余計にそうなのかもしれなかった。小谷は必ず「今日もろくろを回してみますか?」と聞いてくれ、柏木は少しずつろくろ成形を練習している。

回数を重ねるごとにコツをつかみ、前回辺りから力の加減や指の使い方がだいぶ上手くなってきた。陶芸家である彼女のアドバイスは的確で無駄がなく、なぜその動きが駄目なのかを端的に説明してくれるため、上達できているのかもしれない。

本当は毎日でも工房に遊びに行きたい気持ちがあるものの、それを三日に一度に留《とど》めているのは、極力作業を邪魔したくないという思いと小谷の気持ちを尊重したいという気持ちがあるからだ。

仕事の話をしているときはてきぱきとしているが、ふとした流れで雑談になると彼女は途端に及び腰になり、こちらと距離を置きたがっているのを如実に感じる。

それがひどくもどかしく、柏木を悶々《もんもん》とさせていた。

(俺の押しが強すぎて、引いてしまっているのかな。でも料理を食べたときはすごく褒めてくれるし、まったくこっちに興味がないわけでもなさそうに見える。だったら思いきって、もっと近づいてみるのはどうだろう)

仕事の繋がりを越えて、柏木は小谷のことを知りたくてたまらない。

制作依頼した食器がすべて仕上がるまでまだ時間があるものの、それが終了するまでにもう少し関係を進めたかった。

柏木は寸胴鍋に四リットルのお湯を沸かし、そこにオーブンで軽く温めた鶏ガラを入れる。浮いてきたアクを取り除き、火加減を調節して軽く沸いているぐらいに保って、エキスをじっくり煮出していった。

もし鶏ガラを入れた段階でフォンが白っぽくなったら、それは焼きが足りないということになり、オーブンに戻してもっと水分を抜く必要があるが、今回は大丈夫そうだ。

鶏ガラだけの状態で一時間半ほど煮たところで、ローストした香味野菜とブーケガルニ、粒黒胡椒《つぶくろこしょう》を加える。このままさらに一時間半ほど煮込むと、しっかりと旨味がありつつ鶏臭さがないきれいな状態になっていて、味を確認したあとで目の細かい濾《シ》し器《ノワ》で濾《こ》した。

今回はソースに使うため、トマトペーストを加えて濃度が出るまで煮詰めていく。それをバットに広げて氷水で急冷し、ようやく完成だ。

今日はフォン・ド・ヴォライユを仕込む傍ら、豚肉を黒ビールと赤ワインで蒸し煮《ブレゼ》したものに、新じゃがの滑らかなクリームといんげんのソテー、チェンライレッドマイクロリーフを添えたものを作った。

ホタテとグレープフルーツのマリネや、砂肝のコンフィときのこのソテーなども試作し、レシピの詳細を書き起こしたあと、すべてガラス製の保存容器に詰める。

そしてパソコンを開き、店を開業するに当たって次にやらなければならないことをチェックした。店舗兼自宅は内外装の施工と厨房設備、什器の搬入が既に終わっていて、ここ最近は生産農家や畜産農家を回っては畑の見学をしたり、仕入れについて話し合い、合間を縫ってメニュー開発をしている。

（このあとは必要な備品をリストアップして、順次揃えていかないと。ネットで発注する前に、業務用品専門店に行って実際に目で見たほうがいいな）

以前やっていた店をオープンするときは、こうした煩雑な業務はすべて代行してもらっていた。

オーナーが手配したコーディネーターが万事整えてくれ、柏木はシェフの仕事だけをすればよかったが、今は違う。経営コンサルタントの助言のもと、自分一人で動かねばならない日々は、かなり多忙だ。

しかし以前とは忙しさの質がまるで違い、充実感に溢れている。ひとつひとつの準備に携わらなければならない状況は、大変な反面、自由で楽しくもあった。

各種届出について手続きする時期や種類を再確認した柏木は、パソコンを閉じる。そして昨日と今日作った料理を併せて保冷バッグに詰めると、車の鍵を持って外に出た。

向かった先は、小谷の工房だ。車で十分ほど走ったところにあるが、その道中には古い民家が点在し、やがて視界が開けて道の両側が畑になる。

この下ノ町は農業と林業が盛んな町で、車で少し走れば畑や雑木林が広がっていた。四月下旬の今は木々に一斉に新緑が芽吹き、辺りは瑞々しい雰囲気になりつつある。降り注ぐ柔らかな日差しの中、はるか遠くにまだ雪が残る山の稜線《りょうせん》がくっきりと見え、道の脇をヒラヒラとモンシロチョウが飛んでいた。数ヵ月前まで都会で暮らしていた柏木にとっては贅沢《ぜいたく》な光景で、これからもっと緑が旺盛になると思うと楽しみだ。

途中で右折し、舗装されていない砂利道を少し走ると、木々に囲まれた工房がある。その敷地に見慣れない軽自動車が停まっているのに気づき、柏木は眉を上げた。

（……誰だろう。お客さんかな）

軽自動車の隣に自分の車を停めた柏木は、保冷バッグを手に工房の戸口を覗《のぞ》き込《こ》む。そして中に向かって声をかけた。

「こんにちは」

中には小谷がいて、電動ろくろの前に座っている。

すぐ傍《そば》のテーブルには二十代半ばの女性が座り、三歳くらいの男の子が膝につかまって立っていた。小谷がこちらを見つめ、驚いた顔でつぶやく。

「……柏木さん」

「商談中ですか？　でしたら出直しますが」

すると女性が、パッと笑顔になって答えた。

「私はお客さんではないので、どうかお気になさらず。ね、葵」

「あの、こちらはわたしの友人なんです。杉原千穂《すぎはらちほ》さんと、息子の康太《こうた》くん」

杉原は柏木の顔をまじまじと見つめ、好奇心いっぱいの表情で言う。

「柏木さんって、今月引っ越してきた方ですよね？　すっごいイケメンですね～」

「どうも」

よく見ると彼女のお腹は大きく、臨月間近なのがわかる。

息子は人見知りするようで、母親の膝にしがみついてモジモジしていた。聞けば杉原は下ノ町の出身であり、現在は結婚して築田《つきだ》市に住んでいるが、出産のために里帰りしているらしい。

小谷とは高校の同級生で、工房に遊びに来ていたという。杉原が言った。

「新しく引っ越してきた方が、フレンチレストランを開業する予定だと聞いて驚いていたんです。どうしてこんな田舎町を選んだんですか？」

「緑が多く長閑な雰囲気ですし、住んでいる方々も穏やかなのに惹かれまして。ところで杉原さんは、昼食はお済みですか？　実は小谷さんに試食していただくために料理を持ってきているのですが、もし昼食がまだで、お子さんにもアレルギーなどがなければ、ご一緒にいかがでしょう」

「えっ、いいんですか？」

彼女が目を輝かせ、急遽食事会となる。

メインは黒ビールと赤ワインでプレゼした豚肉で、他に長ネギと筍《たけのこ》のキッシュ、ホタテとグレープフルーツのマリネ、砂肝のコンフィときのこのソテー、デザートにムース・オ・ショコラなどが並ぶと、杉原が歓声を上げた。

彼女は興奮気味に「美味しい」と言い、息子の康太もよく食べてくれて、柏木は安心する。話題は自然と彼女たちの話になり、小谷が説明した。

「わたしは高校一年生のときに下ノ町に転校してきたんですけど、この辺りは同じ中学校に通う生徒が五人しかいなかったんです。それで近所に住んでいた千穂ちゃんと、すぐに仲良くなって」

「本当に少なかったよねー。私と沢田《さわだ》さん家《ち》の姉弟《きょうだい》と、葵のところの和之くんでしょ？　今は三人しかいないって聞いたよ」

それを聞いた柏木は、小谷に問いかける。

「小谷さんにも、ご兄弟が？」

「あ、いいえ。わたしは家庭の事情で、従兄の家に引き取られて」

彼女がぎこちなく顔をこわばらせ、柏木はふと引っかかりをおぼえた。

杉原が息子の口の端についたキッシュを拭いてやりながら、話を続ける。

「葵は高校を卒業してすぐに陶芸の修業に出て、大きな展覧会で二度入賞してるんです。下ノ町に戻ってきてもう三年くらい経ちますけど、何だか勿体ないなーと思って。だって都会に行けばもっと展示会とかできるかもしれませんし、才能をアピールできるチャンスがあるかもしれないでしょう？」

「それは……」

それはどうだろう。インターネットが発達した今は、地方在住でも悲観する必要はないのではないか。柏木がそんなふうに考えていると、杉原が不満そうに続ける。

「それはお祖父《じい》ちゃんが遺した工房を守るっていう気持ちもちろんあるとは思いますけど、葵の従兄の和之くんのせいでもあるんです。葵には彼の面倒を見る義務なんてないのに、変に伯父さんたちに義理立てするから――」

「千穂ちゃん、その話はいいから」

小谷が押し殺した声で話を遮り、彼女がムッとして言い返す。

「でも」

「本当にいいから」

杉原の話を聞いた柏木は、内心首を傾《かし》げる。

（従兄の面倒を、小谷さんが見ている？　伯父に義理立てとか、一体どういうことだろう）

だが小谷は話したくなさそうで、それ以上深掘りはできない。

そのとき工房の中の電話が鳴り、立ち上がって受話器を取った彼女が「はい、工房小谷です」と応えた。杉原が気まずさを払拭《ふっしょく》するように、笑顔で言う。

「あ、私、お茶のお代わり持ってきますね」

三人のグラスをまとめて持った彼女がミニキッチンに向かい、冷蔵庫からお茶のペットボトルを取り出した。

だが次の瞬間、ガシャンという大きな音が響き、その場にいた全員が驚いて飛び上がった。見ると焼成前の器を並べた木の板の傍で康太が転んでいて、大きな声で泣き始める。

彼は床に倒れ込み、周囲ではいくつもの器が割れたりひしゃげたりしていた。慌てて駆け寄った杉原が息子を抱き起こし、惨状を見て息をのむ。

事態に気づいた小谷も「すみません、あとでかけ直します」と早口で言って電話を切り、二人の傍に近寄ると、無残な状態になった器を見て呆然《ぼうぜん》と立ち尽くした。

「ごめんなさい！　私が康太をよく見てなかったから……っ」

「――……」

長い木の板は四枚あり、コンクリートブロックの上に両端を渡す形で掛けられていた。

器はそれぞれ十枚ずつ載せられていて、康太は運悪く板の真横に突っ込む形で転倒し、すべての板がずれていて無事なのは数個しかない。康太に歩み寄った柏木は「怪我《けが》はないかな」と問いかけ、頷くのを確認したあと器を拾い始める。

杉原が必死に頭を下げ、小谷に謝罪した。

「ごめんなさい、本当にどうお詫《わ》びしていいか。私が目を離したばかりに、こんなことになってしまって……」

「仕方ないよ。康太くんも、わざとやったわけじゃないんだし。どこか痛くしてない？」

彼女の問いかけに、康太が涙に濡れた顔で「……ごめんなさい」と小さく謝る。

彼を安心させるように微笑んだ小谷が、精一杯明るく言った。

「割れた器は再生混錬機にかければ再利用できるから、大丈夫。焼成前だったし、また作ればいいから、気にしないで」

「でも……」

「千穂ちゃん、わたしがろくろで器を作るところ、見たことあるでしょ？　その気になれば一分もかからずに作れるんだから、この程度すぐだよ」

彼女が柏木のほうを見て、「柏木さんもお忙しいんですから、器はそのままにしてお仕事に戻ってくださって結構ですよ」と言ったものの、放置することはできない。

結局三人で割れた器を一箇所に集め、帰り支度をした杉原は最後まで平謝りだった。

小谷がそれに対して首を振り、笑って言う。

「もう充分謝ってもらったから、本当に気にしないで。あんまりくよくよしたら、お腹の子に障るよ」

「葵……」

「康太くんも、また遊びに来てね」

二人が車で帰っていき、柏木は小谷とそれを見送る。彼女がこちらを見上げて微笑んで告げた。

「柏木さん、片づけを手伝っていただいて、ありがとうございました。お料理もすごく美味しかったです」

先ほど壊れてしまった器のことが気にかかった柏木は、小谷に問いかける。

「僕にお手伝いできることがあったら、何でも言ってください。あれだけの器を作り直すのは大変なのではありませんか？」

するとと彼女は笑い、事も無げに答える。

「大丈夫です。あれくらいの数なら、作り直すのは全然問題ありませんから。小さな子どもの行動範囲に、ああしたものを置いていたわたしが悪いんです」

来るときにはうららかに晴れていた空は、徐々に雲行きが怪しくなってきていた。山のほうから黒っぽい雲が広がり、風も幾分強くなっている。吹き抜ける風にかき上げられた後れ毛を押さえ、小谷が言った。

「天気も悪くなってきましたから、柏木さんも早く帰ったほうがいいです。――お料理、ご馳走さまでした」

第四章

保冷バッグを車の後部座席に入れた柏木が、こちらに一礼して運転席に乗り込み、走り去っていく。

それを見送った葵は、すぐに踵《きびす》を返して工房に戻った。頭の中は、破損してしまった器をどうするかでいっぱいになっている。

（わたしの馬鹿。千穂ちゃんが康太くんを連れてきた時点で、器を手の届かないところに移動させるべきだったのに）

わざと転んだわけではないため、康太に対して怒りはない。

だが三十六個もの器を作り直すのは、大変だ。ろくろ成形なら素早くできるが、実は壊れてしまった器はたたら成形と鋳込みという、手間がかかるものが大半だった。

（明日くらいまでに作り直さないと、今後の制作スケジュールに影響が出る。納期を遅らせるわけにはいかないんだから、とにかく手を動かさないと）

割れた器は脇によけ、あとでハンマーで粉々に砕いて水と一緒に再生混錬機に放り込むことにする。

作り直すものの種類と個数を確認し、陶土を取り出した葵は、土練りを始めた。四十個近くの器を作るために使用する土は大量で、捏《こ》ねるにはかなりの力を必要とし、額に汗がにじむ。

たたら成形はろくろでは作りづらい形状の器を作るのに適していて、まず土の塊の両側に〝タタラ板〟と呼ばれる細長い板を置き、針金製のシッピキで薄くスライスして、タタラ板と同じ厚さの土の板を作成する。

それを使い、形状を生かして板状の長皿を作ったり、石膏でできた型などに押し当てて器を作成するが、土の板は少し乾燥させてからでなければ扱いづらい。

本来は天日に当てて乾かすが、時間がない今はドライヤーを使うことにした。使いやすい固さになったものを型に押し当て、同じ形の器を作っていきながら、葵は先ほどの千穂との会話を思い出す。

彼女は葵がこの下ノ町で陶芸家をしているのを、「勿体ない」と語っていた。祖父の工房を守りたいという気持ちを理解しながらも、ここを離れられないもうひとつの要因について口にしたため、葵は思わずそれを制止した。

その理由について考え、目を伏せる。

（わたしは……和之のことを、柏木さんに知られたくないと思ってる。あの家に縛ら

れている現状が、すごく惨めだから)

葵は毎日午後五時に工房での仕事を終えたあと、御堂家に日参して従兄の和之の世話をしている。

体力的にきついのに断れないのは、あの家に引き取られた恩があるからだ。三年間生活の面倒を見て高校に通わせてもらったことについては、深く感謝している。

だが不在がちな伯父はともかく、伯母は葵を養育した代償として、こちらをいいように使って構わないと考えている節があった。たとえ仕事が立て込んでいようと、葵が〝女〟で分家の娘である以上、本家の嫡男である和之に尽くすのは当たり前だと思っている。

その考えは彼自身も同様で、葵の労力や大変さに関しては微塵も頓着《とんちゃく》していなかった。そうした昔ながらの考え方をする伯父一家とつきあうことが、葵は最近大きなストレスになりつつあった。

(でも……)

こんな考え方をする自分は、傍《はた》から見ればきっと罰当たりなのだろう。

御堂家だけではなく、近隣の住人も皆ナチュラルにそういう考え方なため、葵には逃げ場がない。

だが自分の仕事を評価し、作品を真っすぐな目で称賛してくれる柏木には、そんな現状を知られたくなかった。千穂が御堂家にいいように使われている葵に同情し、憤ってくれるのはうれしいが、惨めな自分は極力隠しておきたい。

(最近のわたし、柏木さんを意識してる。……あの人にはそんな気はないかもしれないのに)

柏木が初めて工房を訪れてから三週間、彼とは加速度的に親しくなった。

フランス料理を食べたことがなかった葵にとって、柏木が作る芸術的な皿は衝撃だった。その色彩や立体感はまるでアートのようで、しかも味は素材の味を生かしつつも複雑で奥行きがあり、文句なしに美味しい。

そんな才能溢れる彼は、葵の工房に足しげく通ってくる。「メニュー作りのために毎日試作する料理が余るから、ぜひ食べに来てほしい」という申し出はうれしかったが、やはり閉鎖的な村社会のため、周囲の目が気になった。

葵が遠慮がちに断る理由を述べたとき、柏木が「僕は遠慮はしません」とはっきり言った。「自宅に誘うのは自重するが、自分がこの工房に来るのは問題ないだろう」というのが彼の言い分で、葵はその言葉をどう解釈していいのか悩んでいる。

(柏木さんの言い方だと、わたしに興味があるように聞こえる。周囲にどう思われて

も構わない、あえて自分の好きなようにするみたいな）

元々好感は抱いていたが、明確に異性として気になり始めたのは、あのときからだ。柏木の端整な顔立ち、スラリとして男らしい体型、節ばって色気のある大きな手やときおり浮かべる笑みにドキドキし、そんな自分に戸惑っている。

仕事以外ではなるべく距離を取りたいと考えているのに、彼は三日に一度は工房を訪れ、葵はそれを断れずにいた。柏木が来るたびにやんわりと「あまり工房に来ないでほしい」と伝えているが、彼はニコニコしてまったく頓着しない。

そうするうちに、葵は柏木の来訪を待ち望んでいる自分に気づいた。

（わたし……）

自分は彼に心惹かれているのだと、葵ははっきりと自覚する。

仕事と和之の世話、それだけしかなかった生活に突如現れた柏木は、葵の心を強く引きつけていた。彼に感じる慕わしさは、もしかすると外の世界への憧れなのかもしれない。この土地から動けない葵にとって、行ったことのないフランスの雰囲気を味わわせてくれる柏木は、憧れに似た気持ちを抱かせた。

その一方で、彼が陶芸に興味を示し、ろくろ成形に楽しそうに取り組んでくれることがうれしい。先ほども「何か手伝えることはないか」と申し出てくれ、大量の器の破損に動揺していた葵の心は大いに慰められた。

（でもクライアントである彼にこんな気持ちを抱くのは、不純かもしれない。もしかしたら、向こうは全然そんな気がないのかもしれないし）

ともすれば落ち込んでしまいそうな気持ちから目をそらし、葵は手元の作業に集中する。

気がつけば外は雨が降り出していて、窓ガラスに大量の水滴が付いていた。一心に器の成形をしているうち、午後五時半を過ぎていたらしい。スマートフォンの着信音で我に返り、手を洗って確認すると、和之からメッセージがきていた。

「遅いよ」「まだ来ないなら、買い物してきてくれる？」という文言のあと、買ってきてほしいもののリストが並んでいるのを見た葵は、ぐっと唇を引き結ぶ。

そして素早く指を滑らせ、「仕事でトラブルがあって、今日はそっちに行けません」「どうしても急ぎの買い物なら、伯母さんに頼んでください」というメッセージを送信し、スマートフォンを閉じた。

（もしかしたら、あとで伯母さんから文句を言われるかもしれない。でも仕事に穴を開けるわけにはいかないんだし、頑張らないと）

何度か仕様書を確認しながら器を作り、手が疲れてきたら乾いた分の削りの作業をしたりと、黙々と仕事をする。

外は雨と風が強まっていて、ときおりザアッと窓に雨粒が叩きつけられる音がしていた。ふいに窓越しに車のライトがちらついた気がして、葵は手を止める。やがて工房の引き戸が開き、雨に濡れた傘を手にした柏木が顔を出した。

「柏木さん、どうして……」

驚いてつぶやくと、彼は傘を閉じながら答える。

「やっぱりまだ作業をしていたんですね。もしかしたら、壊れてしまった分を作り直すのに根を詰めているのではないかと思って、差し入れを持ってきたんです」

時刻は午後七時半を過ぎており、葵は夕食を食べていなかった。

柏木はサンドイッチと温かいコーヒーを持ってきてくれていて、恐縮して受け取る。サンドイッチはキャロットラペと紫きゃべつ、照り焼きキチンとたっぷりのレタスが挟まっていて、彩り豊かな切り口が美しかった。

まさかこんなひどい雨の中に来てくれるとは思わず、葵の胸がぎゅっと締めつけられる。陶土がついて白っぽくなったエプロンを見下ろしながら、小さく問いかけた。

「柏木さんは……どうしてこんなに親切にしてくれるんですか？　わたしたちは、ただのクライアントと職人なのに」

すると彼が眉を上げ、さらりと言う。

「僕にとっての小谷さんが、〝特別〟だからかもしれません。だから何かしら口実を作って、ここに会いにきています」

「えっ……」

「小谷さん、僕は――」

その瞬間、バチッと音がして、工房内が真っ暗になる。葵はびっくりして声を上げた。

「えっ、停電？」

「落ち着いてください。外はかなり風が強かったので、もしかすると木の枝が電線に触れてしまったのかもしれません。ここは非常電源は？」

「あ、ありません」

「そうですか。困ったな」

一時的なものならいいが、このまま復旧しなければ今夜は仕事ができないことになる。

（どうしよう。今日はあと八個くらい作らなきゃいけないのに）

だが停電が一時的なものならば、すぐに復旧する可能性がある。そう考え、葵は柏木に向かって言った。

「もしかしたらすぐに復旧するかもしれませんし、柏木さんはもうお帰りください。おうちが心配ですよね？」

「いえ。自宅が停電になっていたとしても、僕が行ってどうにかできるわけではありませんから」

彼は「それに」と言い、言葉を続ける。

「こんな真っ暗な中で、小谷さんを一人にはしておけません。心配なので」

「……っ」

かあっと頬が熱くなり、葵は今工房内が暗くてよかったと頭の隅で考える。

こんな顔を見られたら、自分が柏木を意識しているのが丸わかりに違いない。彼自身は他意なく言っているのかもしれないが、葵はそれを深読みしたくなってしまう。

柏木がこちらを落ち着かせる口調で言った。

「とりあえず、危ないので一旦座りましょうか。何なら腹ごしらえに、サンドイッチもどうぞ」

「……はい」

徐々に薄闇に目が慣れてきた中、葵は椅子に座る。

彼も向かいに座り、持参したポットのコーヒーを注いでくれようとしたため、葵は慌てて立ち上がって言った。

「待ってください、柏木さんの分もカップを……」

「いえ、お構いなく。危ないですから、むやみに動かないほうがいいですよ」

カップに注がれたコーヒーが豊潤な香りを放ち、葵は「いただきます」と言ってそっと中身を啜《すす》る。

（……美味しい）

丁寧に淹れられたコーヒーは美味しく、ホッと気持ちが和む。

サンドイッチは具沢山で頬張るのが大変だったが、味は文句なしに美味しかった。

そんな様子を前に、柏木が口を開いた。

「今日、康太くんが焼成前の器を壊してしまったとき、小谷さんは彼や杉原さんが気に病まないよう精一杯明るく振る舞っているように見えました。でもあれだけの数が破損してしまったら、作り直すのは大変なのではと思っていたんです」

何か手伝いたい気持ちがあったが、柏木は門外漢で手を出せない。

ならばできることは何か――そう考えた結果、差し入れにサンドイッチを作ることを思いついたのだという。葵は口の中のものを飲み下して言った。

「でも、わたしが既に工房にいない可能性もありましたよね？　いつもは五時半にここを閉めていますから」

しかも彼は、こちらの自宅を知らない。せっかく作ったものが無駄になったかもしれないと考えると、葵の中で困惑が募る。すると柏木が、あっさり答えた。

「そのときは、おとなしく帰ろうと考えてましたよ。もし残業せずに済んだのなら、それに越したことはありませんし」

「……そんな」

「先ほど小谷さんは、僕が親切にする理由を聞いていましたね。話が途中になってしまいましたが、僕にとっての小谷さんは〝特別〟です。あなたとどういうふうに距離を詰めるべきか、あれこれ考えながら試行錯誤でここに通っている」

「……っ」

ドキリと心臓が跳ね、葵は目の前の柏木を見つめる。

彼が自分への想《おも》いを仄めかす発言をしていることが、信じられなかった。何しろ柏木は、ネットで名前を検索すれば特集記事が出てくるような有名シェフだ。加えて背が高く整った容姿をしており、つきあう女性にまったく苦労しなさそうに見える。

そんな人物が地味な自分を好きなど、そんなことがあるだろうか。葵はひどく動揺し、椅子から立ち上がる。そして目を伏せて早口で言った。

「あの、わたし、やっぱり柏木さんのコーヒーカップを持ってきます」

「――待ってください」

真横をすり抜けようとした瞬間、突然手首をつかまれて、葵は息をのむ。

柏木がすぐに手を離して言った。

「僕はからかい半分で、こんなことを言っているのではありません。あなたを脅かすつもりもありませんから、どうか座って話を聞いてくれませんか」

「…………」

心臓がドキドキと速い鼓動を刻むのを感じながら、葵は再び椅子に腰を下ろす。

彼が穏やかな口調で言った。

「小谷さんに出会ってから三週間ほどが経ちますが、最初は陶芸家としての才能に尊敬の念を抱きました。一目惚れした氷裂貫入の皿を作ったのがこれほど若い女性なのが意外で、驚いたのもあります。僕の店の食器を制作するのを了承していただいたときは、とてもうれしかった。でも仕事を通じてやり取りするうち、あなたの陶芸に対するひたむきな姿勢や、フランス料理に馴染みがないのを隠さない正直なところ、僕の料理を食べたときの素直な反応に、どんどん心惹かれていったんです」

いつしか葵の反応を思い浮かべながら料理するのが楽しくなり、日々の励みになった。そんな柏木の言葉に、葵はどんな顔をしていいかわからなくなる。

(柏木さんが、わたしを好き？　本当に……？)

彼に心惹かれているのは、葵も同じだ。

だが実際にはっきり言葉にされると、途端に怖くなる。はたして自分は柏木とつきあうのに、ふさわしい人間だろうか。

(わたしは……)

最初は真っ暗で右も左もわからない状態だったが、次第に目が慣れて彼の姿がぼんやりと浮かんで見える。

柏木が真っすぐにこちらを見つめているのがわかって、葵の体温が上がった。いつしかサンドイッチを食べるのを忘れながら息を詰めて見つめ返すと、彼が言葉を続ける。

「でも小谷さんは僕に必要以上に近づかないようにしているというか、壁を作っているように見える。もちろんそれは、仕事関係の人間に対して節度のある態度を取っているともいえますが、もっと他に理由がある気がしています。一体なぜですか？」

「あの……」

柏木の言葉は的を射ていて、葵は気まずく言いよどむ。

彼を好きな気持ちが確かにあるのに、踏み込むのが怖い。理由を尋ねられても正直に答えられず、押し黙る葵に対し、やがて柏木が苦笑して言った。

「もしかして僕は、小谷さんを困らせていますか？　でも今までさりげなくアプローチしても、あなたは気づかないふりをするばかりでまったく進展しませんでした。だからこれからは少し、直接的なやり方でいきます」

「えっ……、あっ！」

突然腕を伸ばした彼に手を握られ、その大きさとぬくもりにドキリとする。

やんわりとこちらの手を握り込みながら、柏木が熱を孕《はら》んだ眼差しで言った。

「嫌なら拒んでください。すぐにやめます」

「……っ」

彼に触れられた拳が、じんわりと熱を持つ。

早く振り払うべきだと思うのに、それができない。いつになく強引な柏木に胸が高鳴り、恥ずかしさとときめきがない交ぜになった気持ちが葵の中に渦巻いていた。

わずか数秒が、まるで五分ほどに感じた。握られた手を動かさない葵に対し、彼が問いかけてくる。

「振り払わないということは、少なくとも僕を嫌いではないというふうに解釈してよろしいですか?」

「……っ、はい」

「よかった。今はその答えが聞けただけで、満足します」

そう言って柏木が手を離し、葵はホッと息をつく。だが次の瞬間、彼が「でも」と言葉を続けた。

「僕の気持ちは伝えたわけですし、これからは遠慮なく小谷さんを口説きますから、覚悟しておいてください」

「えっ……」

「とりあえず今は、サンドイッチをどうぞ」

ニッコリ笑って勧められ、葵は遠慮がちにサンドイッチを口に運ぶ。

わずかなりとも目が利くようになった柏木がミニキッチンに行き、自分の分のマグカップを持ってきた。そしてポットの中のコーヒーを注ぎ、口に運びつつ言う。

「小谷さん、今日はあといくつ器を作るつもりでいたんですか?」

「八個くらいです。鋳込みは材料を一日寝かせないと使えないので、今日は泥漿《でいしょう》の仕込みだけをやることにして、たたら成形のものを終わらせようとしていました」

「そうですか。でしたらそれが終わったら、ご自宅まで送っていきますよ」

彼の申し出に驚いた葵は、慌てて首を横に振って答えた。

「そんな。柏木さんにはもう充分していただきましたから、そこまで甘えるわけにはいきません」

「でも外はまだ雨が降っていますし、小谷さんは今日、車ではなく徒歩ですよね？こんな嵐の中、夜道を歩くのは危ないですから」

「でも……っ」

その瞬間、パッと電気が点《つ》き、葵は驚いて天井を見上げる。

停止していた冷蔵庫や電話機が一斉に動き始め、安堵《あんど》の息を漏らした。

「つ、点きましたね」

「ええ。この工房だけではなく、近隣一帯が停電していたのかもしれません。何にせよ、復旧してよかった」

こうはしていられない。

たたら成形の器をすべて作り、鋳込み用の泥漿を仕込むまでが、今日やろうとしていた工程だ。停電していたのは十分くらいだったが、タタラ板で作った板状の土は少し乾燥してちょうどいい固さになっていた。

それを型に沿わせ、葵は器作りを再開する。柏木が「何か手伝うことはないか」と言ってきたため、壊れた器をハンマーで細かく割って再生混錬機に入れる作業をしてもらった。

器を予定数作り終えたら、今度は鋳込みの下準備だ。泥漿とは粘土と水、珪酸《けいさん》ソーダを混合撹拌《かくはん》した液状の陶土のことで、市販品もあるものの、葵は自分の配合で作っている。

水の量は粘土によって変える必要があり、普通の練り粘土の場合は五から十パーセントの量の水を加えるが、今回は磁器に使う陶土と白土を混ぜた〝半磁土〟のため、土に対して二十五パーセントの量にした。

まずはポリ容器の中に計量した水を入れ、細かくした粘土を少しずつ混ぜ込んでいく。そこにぬるま湯で溶いた珪酸ソーダを加え、電動の撹拌機を使ってよく混ぜた。完全に混ざるまでは時間がかかり、柄杓《ひしゃく》で掬《すく》ってトロトロと糸を引くように流れ落ちるくらいが理想の固さだ。

これを一晩寝かせ、明日になればようやく陶土として使えるようになる。すべての作業を終える頃には午後九時を過ぎていて、葵は柏木に礼を言った。

「すみません、こんな時間まで待っていただいて。いろいろお手伝いしてくださって、助かりました」

彼は使用済みの什器を洗って拭いたり、工房内の掃き掃除をしてくれ、こちらの手間が格段に省けた。葵がそう言うと、柏木は笑って答える。

「本当に雑用くらいしかできなくて、かえって邪魔になっていたらすみません。しかしこれだけの作業を毎日一人でやるのは、大変ではありませんか？」

「邪魔だなんてとんでもない。わたしが一人でこなせているのは、単に慣れだと思います。人を雇えるほどの儲けはありませんし、必要に迫られるとおのずと身体が動きますから、今のところ何とかなっています」

外はまだ激しい雨が降っていて、彼が傘を差しかけてくれ、葵は工房の鍵を閉めた。

柏木の車は黒のピックアップトラックで、葵はかねてからの疑問を口にする。

「柏木さんの車、後ろが荷台になってるんですね。もっとおしゃれな車に乗っているのかと思っていたので、ちょっと意外でした」

「生産農家さんのところに行って直接野菜を仕入れたりもするので、実用的な車にしたんです」

助手席に乗ると目線が高く、普段車高が低い軽自動車に乗っている葵にはひどく新鮮だった。

フロントガラスに叩きつける雨をワイパーで撥《は》ね除《の》けながら、車が砂利道を走り出す。徒歩で七分の距離は、車だとあっという間だ。街灯で照らされた平屋の前で車を停めてもらい、葵は内心葛藤する。

（どうしよう。家に誘って、お茶とかご馳走するべき……？）

柏木は工房に残って仕事をしている葵を慮《おもんぱか》り、わざわざ差し入れを持ってきてくれた。

それだけではなく、車で自宅まで送るためにこんな時間まで手伝いをしてくれ、感謝してもし足りないくらいだ。

だが葵は、今頃になって彼から告白されたことを強く意識していた。仕事に集中しているときは深く考える余裕がなかったが、柏木の自分に対する想いを知った上で自宅に誘うのは、ひどく意味深ではないか。

（でも素知らぬ顔をするのも、感じが悪くない？　ここまでしてもらったのに、何のお礼もせずに帰すだなんて）

そう考え、グルグルしていると、ふいに運転席に座った彼が噴き出す。

葵が驚いて顔を上げると、彼が楽しそうに言った。

「何か悩んでますか？　さしずめ『自宅まで送ってもらったんだから、お茶でも飲んでいってもらうべきか。でも中に入れるのは気が引ける』とか、そんなところですかね」

「それは……」

「いきなりそんなふうに距離を詰めようとは思っていませんから、安心してください。あなたと親しくなりたい気持ちはありますが、無理強いをしたいわけではないんです」

今まさに考えていたことを言い当てられて、葵の頬がじんわりと熱を持つ。てっきり気を悪くさせたかと思ったが、柏木にそんな様子はない。彼は運転席の脇に置いていた傘を、葵に差し出して言った。

「これ、使ってください。家に入るまでに濡れてしまいますから」

「そ、そんな。大丈夫です、ちょっとの距離ですし」

「俺があなたに濡れてほしくないんです。それに、明日以降に傘を返してもらうっていう用件ができますしね」

さらりと〝俺〟という一人称を使われて、葵はドキリとする。

これまでは〝僕〟と言っていたために穏やかな口調だったが、印象が変わった気がした。

断りきれずに傘を受け取ると、柏木が微笑んで言う。

「じゃあ、小谷さん、また明日」

「ありがとうございました。……おやすみなさい」

＊＊＊

下ノ町の中心部は国道から脇に入ったところにあり、小さなスーパーやクリーニング店、金物屋、ふとん店、文房具店などがひしめき、それなりににぎわっている。

世間では今日からゴールデンウィークという四月最後の週末、柏木は酒を扱う田口商店に来ていた。この町に引っ越してきてそろそろ一ヵ月、店主とはすっかり顔馴染みになり、ワインの取り寄せの相談にも乗ってもらっている。

「柏木さんが仕入れたいと言っていたワインリスト、ほとんどが問屋に対応してもらえることになりました。でも何本か入手が難しいらしくて」

「どれですか？」

いくつか対応できないものについては、別ルートで仕入れることにする。

自宅で飲むワインとビールを購入した柏木は、店主に礼を言って店を出た。そして

車の後部座席のドアを開け、荷物を積み込みながら考える。入手が難しいのはまとめて買って空輸してもらうか、リストを見直すしかないか）

（ワインの仕入れが、無事確保できてよかった。入手が難しいのはまとめて買って空輸してもらうか、リストを見直すしかないか）

店のオープンは、二ヵ月後に迫っている。

メニュー作りも大詰めを迎えていて、新しいレシピの検討に忙しい。そんな中、柏木の楽しみは小谷の工房に通うことだ。

一週間前、工房に遊びに来ていた康太という少年が焼成前の器を壊してしまったときは、肝が冷えた。小谷は彼と母親の杉原が気に病まないよう、精一杯明るく振る舞っていたが、四十個近い器を作り直すのは大変なはずだ。

そう思い、夜に差し入れを持って工房を訪れたところ、案の定彼女は一人で根を詰めて頑張っていた。折しも突然の停電になってしまい、暗闇に乗じて小谷に告白したが、彼女はこちらを拒否するそぶりを見せなかった。

それに力を得た柏木は、アプローチの仕方を変えた。これまでは少しずつ反応を探り、遠回しなアピールしかしてこなかったが、この一週間は積極的な方向にシフトしている。

まず小谷と連絡先を交換し、トークアプリで繋がった。工房に行かないときも一日に二回ほどメッセージを送れば、彼女は返事をしてくれる。

ある意味顔を合わせるよりも気軽にコミュニケーションが取れ、山形《やまがた》から届いた鴨肉や試作した料理、デセールの写真などに反応が返ってくるのがうれしかった。

(もっと心を許して、笑顔を見せてほしい。そしていずれ恋人になってほしいけど、何かガードが固いんだよな)

小谷が何となく腰が引けて見えるのは、こちらの経歴のせいだろうか。

彼女が折に触れて「柏木さんは、すごいシェフですから」と言ってくるのは、もしかすると過去の記事などを見たからかもしれない。確かにBrindilleは有名店で、予約が取れないほどだったが、それはすべてオーナーのお膳立てによるものだ。

おそらくそこそこの腕を持つシェフならば、誰が店に立っても成功したに違いない。それくらい、店の立地もコンセプトもブランディングも、すべてが完璧だった。

ちなみに柏木が辞めたあとのBrindilleは、スー・シェフだった井辻直樹《いつじなおき》が昇格してシェフに就任したそうだ。

二十九歳の彼は長く柏木の補佐をしていた人物で、不在時は代わりに指揮を執っていたため、すべてのメニューの味を熟知している。後任としてもっともふさわしく、柏木はまったく心配はしていなかった。

（ネットで俺の過去の記事が出てくるのは、メディアを最大限に活用するというオーナーの戦略の賜物《たまもの》だ。小谷さんのほうが、よほど才能があるのに）

彼女の作る器、その凛とした世界観、職人としての姿勢に、柏木は魅了されてやまない。小谷個人の真面目な性格や、派手さはないがきれいに整った容姿、物慣れず初心なところにも強く心惹かれていた。

告白して以降、柏木は彼女の前で気持ちを隠さなくなった。三日に一回だった訪問頻度を二日に一回にし、料理やデセールを持参して、胃袋から小谷を落とそうとしている。

おそらく口調や眼差しに甘さが出ているはずで、それを見た小谷がときどき恥ずかしそうにする様子は、ひどく可愛らしい。

（「工房に来るな」と言わないところからすると、たぶん嫌われてはいないんだろうな。頑張って会う頻度を増やして、彼女の気持ちをこっちに向けるしかないか）

車に乗り込み、エンジンをかける。

柏木が次に向かったのは、商店街の一角にある小さな本屋だった。自宅の敷地は広く、畑ができるスペースがあって、生産農家の人にアドバイスを受けながら空き時間にせっせと耕している。

だが野菜作りのノウハウは、やはり一度文字でインプットしたほうがいい。そう考え、本屋でハウツー本を買おうと考えていた。

店内に入ると、店の中央付近の一角に園芸本のコーナーがあった。何冊かめくって見ていたところ、老齢の店主が声をかけてくる。

「お兄さん、佐々木さんに家を借りて、レストランを開業するって人だろう。何か探し物かい」

「敷地内で、畑をやろうと思っていまして。農家の方のアドバイスもいただいているのですが、自分でも少し勉強しようと思い、本を探しに来たんです」

「なるほど。それなら……」

カウンターから出てきた老人が、初心者でもわかりやすい本をいくつかピックアップしてくれる。

そうするうちに入り口の引き戸が開き、車椅子の男性が入ってきた。店主が眉を上げ、彼に向かって言う。

「おや、御堂さんの坊ちゃん、いらっしゃい。一人で来たのかい？」

「いいえ。母の運転する車で来ました。今は郵便局に行っていて、僕はデッサンのモチーフになる本を探しに」

店主が車椅子に歩み寄り、介助しようとしたものの、二十代後半とおぼしき青年は微笑んで言う。

「大丈夫ですよ。自分で動けますので」

「そうかね。こちら、佐々木さんから家を借りてレストランを開業しようとしている人だそうだよ。ええと、名前は……」

「柏木です」

柏木がすかさず答えると、御堂と呼ばれた青年が眉を上げる。

そしてこちらを見つめ、意味深につぶやいた。

「ふうん、そうか。……あなたが」

「……………」

「初めまして、柏木さん。僕は御堂といいます。お店はいつ頃オープンの予定ですか？」

にこやかに問いかけられ、柏木は答えた。

「七月を予定しています」

「僕はこのとおり車椅子なのですが、お店に入るのは難しいですよね」

「いいえ。改装したときにバリアフリーにしていますので、入店は可能ですよ」

すると御堂がニッコリ笑って言った。

「よかった。この辺りは、飲食店といえば居酒屋と蕎麦屋《そばや》くらいしかありませんから、皆フレンチのお店ができると聞いて驚いていたんです。楽しみにしていますので、頑張ってくださいね」

「ありがとうございます」

先ほど店主から勧められた園芸本のうち、一冊を購入した柏木は、御堂に会釈して店を出る。

そして車に向かって歩き出しながら考えた。

(まだ若いのに、車椅子生活なんて大変だな。デッサンとか言ってたけど、絵を描いてるのか)

だが店舗を改装する際、バリアフリーにしていてよかった。御堂のように身体が不自由な人にも、自分の料理を食べてほしい。そう考えながら車に乗り込み、帰路につく。

自宅に到着し、買ってきたものを車から降ろしていると、スマートフォンが振動した。取り出して確認したところ、小谷からメッセージがきていて、「先日柏木さんが作った湯呑みの釉薬掛けができますが、今日の夕方のご都合はいかがですか」と書かれている。

（湯呑みって、一番最初にろくろ体験をしたときのものか？）

彼女の器と一緒に焼成してもらい、「釉薬を掛ける作業のときにお誘いしますね」と言われていたが、小谷が忙しくて何となくそのままになっていた。

こうして彼女のほうから誘いがくることは滅多になく、柏木はうれしさを噛《か》みしめる。スマートフォンを操作し、「じゃあ、夕方に行きます」というメッセージを送り、息をついた。

（よし。それまで事務仕事とメール返信をして、時間が余ったら園芸本を読むか）

柏木が小谷の工房を訪れたのは、午後四時だった。

もうすっかり定位置になった場所に車を停め、戸口から「こんにちは」と呼びかける。するとしゃがんで何やら作業をしていた彼女が立ち上がり、微笑んで言った。

「こんにちは」

動きやすいTシャツとスキニーパンツにエプロンという飾り気のない恰好だが、やはり今日も小谷は可愛い。彼女は柏木に向かって言った。

「柏木さんが初めてのろくろ体験のときに作った湯呑み、ずっと釉薬掛けができなくてすみませんでした。今日はわたしの作業のついでにできると思ってご連絡したんですけど、お忙しくなかったですか？」

「いえ。事務仕事や畑作りの勉強をしていたので、大丈夫です」

初めてのろくろ体験をしたときに作った湯呑みは、一度焼成されて白く焼き上がった〝素焼き〟という状態だ。

素焼きは粘土内の水分量を減らすことを目的としており、釉薬ののりがよくなることや本焼きの際の粘土の収縮率が少なくなること、釉薬が剥がれ落ちるというトラブルが少なくなるなどのメリットがあるという。

小谷が柏木を自身の傍に招き、床に置かれたいくつかのバケツを前に言った。

「これから釉薬を掛けて本焼きしますが、焼成には〝酸化焼成〟と〝還元焼成〟の二つがあります。酸化焼成は窯の中に酸素を送り込みながら焼成する方法で、素地《きじ》や釉薬内に含まれる物質が酸素と結合、つまり〝酸化〟し、色味や質感が変化します」

「はい」

「一方の還元焼成は、釉薬が溶け始める九〇〇度くらいから空気の供給を制限する焼き方をいいます。先ほど説明した〝酸化〟を防ぎ、逆に既に含まれている酸素を放出することで、質感や色味を変化させるんです。つまり何が言いたいかというと、同じ釉薬でも焼き上がりの色味の出方に大きな違いがあるんです」

彼女はデスクの上にあった専門書を取り出し、それを広げて写真を見せながら言う。

「この二つの器は、織部《おりべ》という同じ釉薬を使ったものです。酸化焼成と還元焼成で、ここまでの色の違いが出ます」

「……すごい」

写真の中の二つの器は、ひとつが深緑をしていて、もう片方は辰砂《しんしゃ》という赤い色だ。〝黄瀬戸〟という釉薬を使ったものは、酸化焼成では黄色、還元焼成では御深井《おふけい》という青色になっている。柏木は感心してつぶやいた。

「すごいな。焼き方によって、こんなに色の違いが出るものなんですね」

「はい。ですから湯呑みの色をどんなふうにしたいかで、使う釉薬や焼成方法を考えなくてはならないんです。こちらにわたしが作った作品がありますから、実際に見てどの色がいいか考えていただけますか？」

ひとつの作品に二つの釉薬を掛けることもできると言われ、柏木はわくわくしながら棚に並んだ小谷の作品を眺める。

（……やっぱりいいな）

彼女の作る器はどれも色味が素晴らしく、見ていてまったく飽きない。

いろいろと吟味した結果、柏木が二色を選ぶと、それを見た小谷が頷いて言った。

「ヒワ灰釉《はいゆう》と、白志野《しろしの》ですね。どちらも還元焼成でいいですか？」

「はい」

「では、早速釉薬掛けをしましょう」

彼女は湯呑みが沈む程度の小ぶりな容器に粉末釉薬を入れ、そこに無造作に水を注ぎ入れる。柏木は作業を覗き込みながら問いかけた。

「そんなざっくり水を入れるんですか？」

「釉薬の比重を計るのに使うボーメ比重計という道具もあるんですが、大きなバケツなど深さがないと使えなくて。だから、いつもだいたいの感覚で水を入れています」

還元焼成で焼く場合、釉薬を器に均一に掛けても必ず色ムラが出るという。

しかしそれが味わい深さでもあるため、釉薬の濃度にはあまり過敏にならなくてもいいという考えらしい。

まずは軽く濡らして絞ったスポンジで素焼きした湯呑みの表面を拭き、付着した埃や粒子を除去する。そして電動ろくろの上に湯呑みを伏せて置き、高台の部分に釉薬を弾く釉抜き剤を塗布した。

それから容器の中の釉薬をよく攪拌し、湯呑みの半分を浸していく。

「浸ける時間は、三秒から五秒です。これで一ミリ程度の厚さに仕上がります」

高台の釉薬は弾《はじ》くが、そこに余分に付着した釉薬はスポンジで拭き取り、次いで先ほど釉薬を掛けなかった部分をもう一色のほうに浸していく。

「二つの色が重なってしまった場合は、どうするんですか？」

そんな柏木の疑問に、小谷が答えた。

「本焼きで釉薬が素地に溶融するとき、二つの釉薬が重なった部分が面白い色調に仕上がるんです。だから多少重なるのは、気にしなくて大丈夫ですよ」

高台付近や指で持っていた部分は釉薬が上手く乗っていないため、筆で塗っておく。

板の上に載せた湯呑みを見下ろし、彼女が笑顔で言った。

「これを一二〇〇度に熱した窯で、本焼きします。素焼きより高温で焼き上げるために強度が上がりますし、釉薬が化学反応を起こして色調や光沢感を表現できます。それに釉薬が溶けて素地を覆うことで、吸水性がなくなって食器として使えるようになるんですよ。仕上がりが楽しみですね」

陶芸に関することを説明しているときの小谷は、生き生きとして楽しそうだ。

その顔を見ると心が疼《うず》き、気がつけば柏木は隣に座る彼女に触れるだけのキスをしていた。

「……ぁ……」

小谷がびっくりしたように目を見開き、こちらを見る。柏木は吐息が触れる距離でささやいた。

「すみません、我慢できなくて、つい」

「…………」

「今日、小谷さんが俺にわざわざ連絡をくれて、うれしかった。いつもはこっちから連絡するのが常でしたから」

するとと彼女が、頬を赤らめながら答える。

「それは……柏木さんが初めて作った湯呑みを、最後まで仕上げると約束したので。釉薬掛けがずっとできていなかったのが、気になっていたんです」

「それだけですか？」

柏木の問いかけに、小谷が「えっ？」と声を上げた。

「小谷さんに告白してから一週間、メッセージのやり取りなどを通じて、以前より少し距離が縮まったと感じていました。小谷さんが俺をどう思っているのか、聞いてもいいですか」

切り込むような問いかけに彼女は狼狽し、視線をそらしながら「それは……」とつぶやく。

「あの……わたしも、楽しかったです。普段ああいうふうに日常的な内容をやり取りする人がいないので」

「……」

「それに柏木さんがわたしに気持ちを伝えてくだったことも、うれしかったです。でも、躊躇いというか……『わたしはふさわしくないんじゃないか』っていう気持ちが、常に心の中にあって。だって柏木さんは、神戸で有名なシェフだったわけですし」

やはり小谷が引っかかっていたのは、その部分だったのか。

そう考えながら、柏木は事も無げに答える。

「小谷さんも才能ある陶芸家なんですから、引け目を感じる必要はありませんよ。それに俺がかつて有名だったのは、前の店のオーナーのブランディングがよかっただけで、この下ノ町ではまったく無名の料理人です」

隣に座る彼女の手を握ると、細く小さなそれがビクッと震える。柏木は指同士をやんわりと絡めながら告げた。

「素晴らしい器を作り出すあなたのこの手を、俺は尊敬しています。会えば会うほど、陶芸の仕事にひたむきに取り組んでいるところや、浮ついた部分がなく落ち着いた物腰に惹かれてやまない。だから俺の恋人になってくれませんか」

彼女の瞳が揺れ、柏木はそれをじっと見つめる。

長い沈黙のあと、深呼吸した小谷がやがて小さな声で答えた。

「はい、……わたしでよければ、どうぞよろしくお願いします」

それを聞いた柏木の心に、じんわりと喜びの感情が広がる。

出会ってから約一ヵ月、時間をかけて少しずつ彼女と親交を深めてきた。今それがやっと実を結び、こちらの気持ちを受け入れてくれている。柏木は笑って言った。

「よかった。小谷さんが何となく腰が引けているように感じていたから、どうしようかと攻めあぐねていたんです。今すごくホッとしています」

「す、すみません。柏木さんは、一生懸命言葉を尽くして気持ちを伝えてくださったのに……うやむやにしたままで」

どんな顔をしていいかわからないという表情の小谷を「可愛い」と思いながら、柏木は彼女に提案した。

「とりあえず、お互いに敬語はなくそうか。もう恋人なんだし」

「あの、わたしはすぐには無理です。柏木さんはお客さまですし……それに年齢も上で」

「プライベートでは、俺が客だとかは関係ないんじゃないかな」

とはいえ、真面目な性格の小谷にいきなり対等に話してくれというのは、少々ハードルが高いだろうか。そう考えながら、柏木は彼女に問いかける。

「こうして工房を訪れるのも楽しいけど、プライベートでも会いたい。だから提案なんだが、陶芸を教えてくれたお礼に、俺が君にフランス料理を教えるのはどうだろう」

「えっ？」

「二人で料理をするの、楽しそうだと思わないか？」

すると小谷が、みるみる目を輝かせて答える。

「確かに楽しそうですけど……いいんですか？　シェフのレシピって、本当は誰にも教えたくないんじゃ」

「小谷さんは同業者じゃないし、そもそも君も俺に陶芸の技術を教えてくれてるんだから、おあいこだよ」

柏木の言葉を聞いた彼女は、遠慮がちに頷いた。

「そういうことでしたら、ぜひ」

「決まりだな」

小谷がこちらの提案を了承してくれ、柏木の心が躍る。一体どんなメニューがいいかと頭の隅で考えながら、微笑んで言った。

「今日からゴールデンウィークだけど、小谷さんの予定は？」

「わたしは特に予定がないので、普通に仕事をしようと思っていましたけど……予定を空けようと思えば空けられます」

「じゃあ、早速明日の午後五時はどうだろう」

柏木が提案した時刻に、小谷が「五時……」とつぶやき、わずかに表情を曇らせる。

それに気づいた柏木は、彼女に問いかけた。

「もしかして都合が悪かった？」

「あ、いいえ。大丈夫です」

小谷が急いで首を横に振り、笑みを浮かべる。

「では明日、午後五時に柏木さんのお宅に伺いますね」

「ああ。楽しみにしてるよ」

第五章

午後五時の工房は窓から西日が差し込み、光が当たった作業台が床に長い影を落としている。

先ほど帰っていった柏木の顔を思い出し、葵はじんわりと気恥ずかしさをおぼえた。

（わたしが柏木さんとつきあうことになったなんて、嘘みたい。……本当は断ろうと思ってたのに）

一週間前、停電の中で彼に想いを告白されてからというもの、葵は柏木に翻弄《ほんろう》されっ放しだった。

こちらがはっきり拒絶の意を示さなかったことで彼は一気に攻勢に転じ、これまで以上に足しげく工房を訪れるようになった。来るときは必ず何かしらの料理を持参していて、味はいつも素晴らしい。

こちらの仕事を邪魔するつもりはないらしく、柏木の滞在時間は長くても三十分ほどだ。毎日二回ほど送ってくるメッセージには、届いたばかりの食材やきれいに盛りつけられた料理の写真が添付されていて、葵は次第にやり取りするのが楽しくなってきていた。

会えば端整な顔立ちに胸がきゅうっとし、平静を装うのに苦労している。最後に異性と交際したのが三年前である葵にとって、柏木はとても眩《まぶ》しい存在だった。

自分の中に彼への恋心があるのは、しばらく前から気がついていた。だがそこから一歩踏み出す勇気が持てない理由は、おそらく自信がないからだろう。

才能溢れるシェフであり、容姿端麗な柏木に比べて、自分は至って平凡な人間だ。毎日工房にいるためにおしゃれもせず、陶土で白く汚れたエプロンを着けている姿には、色気の欠片《かけら》もなかった。

(柏木さんがわたしにちょっかいを掛けてくるのは、今まで傍にいなかったタイプに興味があるだけかもしれない。別れたときに気まずくなるくらいなら、最初からつきあわないほうがいいよね)

こんな狭い町の中なのだから、別れたあとにニアミスする可能性は充分ある。それに加え、葵の中にはひとつの懸念があって、それが彼との交際を躊躇わせる一因になっていた。

(でも……)

柏木とつきあえない理由を己の中に羅列しつつも、気がつけば彼について考えている時間が多く、葵は忸怩《じくじ》たる気持ちを噛みしめた。

メッセージがくればうれしく、仕事中も柏木が来るかもしれないことを考えてそわそわしている。そんなことを繰り返すうち、「柏木が自分を想ってくれているなら、交際を前向きに考えてもいいのではないか」という思いが徐々に心に芽生えていた。

葵が自分から彼に連絡を取ったのは、ちょうど今日の作業が釉薬掛けで、柏木が以前作った湯呑みをまだ素焼きしかしていないのを思い出したからだ。

夕方にやって来た柏木は湯呑みの色を決め、釉薬掛けの工程を楽しんで作業したあと、ふいに葵にキスしてきた。驚いて何も反応できずにいると、言葉を尽くして再度告白してくれ、今に至る。

心を甘ったるい気持ちが満たしていて、葵は高鳴る胸の鼓動を押し殺した。

(あんな素敵な人がわたしの彼氏になったなんて、何だかまだ信じられない。都会のすごい店で働いてた人なのに)

華々しい経歴の持ち主であるにもかかわらず、彼はいつも謙虚で穏やかだ。

葵の作る器を褒めてくれ、それが決してお世辞ではないことは、作品を見ているときの真剣な眼差しでわかる。

柏木のそんな態度は、陶芸家としての葵に自信を与えてくれた。万人受けする作品を生み出すのは難しくても、少なくとも彼の感性に響くものが作れている。柏木の傍にいれば、職人として前向きに生きていける気がしていた。

（柏木さんの家で料理を教えてもらえるなんて、すごく楽しみ。プロの料理人の手つきって、きっとすごいんだろうな）

時刻は午後五時を過ぎていて、葵はふわふわと浮き立った気持ちのまま片づけの作業をする。

そして工房を閉め、御堂家に向かうと、屋敷の前で伯母の真知子に声をかけられた。

「今日、和之が通販で頼んだスチールラックが届いたみたいなの。組み立てをお願いね」

「スチールラックって……かなり大きいんですか？」

「そうね、箱は大きかったわ。それよりあなた、せっかくゴールデンウィークなんだから、あの子を車でどこかに連れていってあげたらどう？　和之にも気晴らしが必要でしょうし」

面倒事を押しつけられそうになった葵は、すかさず答える。

「わたしは仕事が立て込んでいるので、ゴールデンウィークも休まず工房に行く予定です。ですからそういうことには対応できません」

「なあに、口を開けば仕事、仕事って。忙しさをアピールしてるけど、どうせ趣味の延長のようなものでしょう。まったくお義父《とう》さんも、あなたに余計なことを教えて」

まるで葵の仕事はお遊びで、忙しいのは亡くなった祖父のせいだと言わんばかりの伯母の言葉に、じわりと苛立ちがこみ上げる。

だが葵はそれを顔に出さず、目を伏せて告げた。

「……離れに行ってきます」

離れはリビング兼アトリエと水回りという平屋の建物で、バリアフリーに改装されている。

玄関の引き戸を開けた葵は、外出用の車椅子が置かれた玄関で靴を脱いだ。リビングに入ると、パソコンに向かっていた和之がこちらを見る。

「窓から話し声が聞こえたけど、母さんに捕まってたの？」

耳聡い彼から目をそらしつつ、葵は答える。

「通販のスチールラックが届いたから、組み立てるように言われて……これ？」

「うん」

確かに箱は大きく、これから組み立てると思うと憂鬱な気持ちがこみ上げる。

脚が不自由な和之は仕事をしておらず、日がな一日絵を描いているかパソコンに向かっているかのどちらかだ。

ときおり介助つきで外出しているようだが、基本的にはネット通販を利用していて、毎日何かしらの品物が届いているため、買い物依存症の気があるのかもしれない。

(買ったのに使ってないものが多いし、このラックもきっと思いつきで注文したんだろうな。全部わたしが組み立てや片づけをやらされるのに)

和之がそこまで好き勝手に買い物ができるのは、父親が会社を経営していて裕福だからだ。

両親は一人息子に甘く、彼の買い物を制限する気配は微塵もない。何にせよ、目の前のラックを組み立ててしまわなければ帰れないため、葵はカッターを取り出して梱包を解き始めた。

するとそれを眺めながら、和之が問いかけてくる。

「今日は工房でどんなことをしたの?」

「午前中に乾燥させていた器の削り作業をして、午後は風岡市の雑貨店に置いてもらう量産の器の釉薬掛け」

彼は毎日葵がどんなことをしたかをこと細かに聞いてきて、それに答えるのは半ば義務のようになっている。和之が言葉を続けた。

「――フレンチレストランのやつは？」

「えっ？」

「七月にオープンするんだろ。かなりの数のオーダーだって言ってた」

柏木の話題が出たことにドキリとしながら、葵は努めて何気なく答える。

「順調に進んでるよ。午前中に削ってたのは、その一部。まだ全部の成形までいってないけど」

「このあいだ、本屋で彼に会ったんだ。柏木さんっていったっけ」

彼が柏木とニアミスしていたことに驚き、葵は和之を見る。

「そうなの？」

「うん。彼、背が高くて恰好いいね。あんな人がシェフなんて、店は人気が出そうだな。葵の工房にもよく来るんだろう？」

「来るけど、デザインのディティールについての打ち合わせとか、進捗が気になって来たりしてるだけだよ」

手元の段ボールに貼られたガムテープをカッターで切り裂き、箱を開ける。

すると彼が「ふうん」と言って、さらりと続けた。

「そのわりには、工房に来る頻度が多いんじゃないかな。二日にいっぺんは来てるんだろ」

　和之が柏木の来訪頻度を知っているのが意外で、葵は目を見開く。

　思わず「どうして……」とつぶやくと、彼は事も無げに答えた。

「いろいろ教えてくれる人がいるんだよ。柏木さんの車、この辺りでは見ない車種で目立つらしいし、何よりよそから引っ越してきた人だしね。皆注目してるんだ」

　思いのほか行動が筒抜けなのだとわかり、葵は内心動揺する。

　だが咄嗟《とっさ》に表情を取り繕い、箱の中から説明書を取り出しつつ言った。

「柏木さんは陶芸に興味があって、わたしの手が空いたときにろくろを教えてるの。仕事の打ち合わせと、半々くらいかな」

「そっか。葵、やっぱりそのラックの組み立ては今度でいいよ」

「えっ？」

「デッサンしたいから、そこに座って」

　窓際のソファを顎で示され、葵は説明書を手に言いよどむ。

「でも……もう箱を開けちゃったし、こんなに大きなものがいつまでもここにあったら邪魔でしょ。だから」

「――座って」

有無を言わさぬ口調で告げられ、葵は緩慢な動きでソファに向かう。

だがどうしても今日は、従いたくない。そんな気持ちがこみ上げ、葵はぐっと拳を握りしめると、和之を振り向いて言った。

「ごめんなさい。今日はちょっと体調が悪くて、モデルはしたくないの」

するとと彼は、探るような眼差しでじっとこちらを見つめる。

こんなふうに和之に逆らうことは滅多になく、葵の心臓がドクドクと速い鼓動を刻んでいた。やがて和之がふっと気配を緩め、気遣わしげに言う。

「そっか、心配だな。風邪《かぜ》でも引いた？」

「う、うん。少し寒気がするから、そうかも」

「無理したら悪化するかもしれないね。ラックの組み立ても今度にして、今日は帰ったほうがいいよ」

あっさりそんなことを言われ、葵は驚いて問い返す。

「えっ、いいの？」

「もちろん。葵に無理させるのは、僕の本意じゃないからね。具合が悪いなら家で家事をするのもしんどいだろうし、母屋に寄って何か食べるものを持って帰れば？ 待って、家政婦の吉田《よしだ》さんに電話して聞いてみる」

彼が車椅子を操作し、壁に設置された母屋に繋がるインターホンを手に取ろうとする。葵は慌ててそれを制止して言った。

「だ、大丈夫。家には何品か作り置きがあるから」

「そう？」

思いのほか和之の聞き分けがよく、しかも早く帰れることになって、葵は安堵していた。

そこでふと言わなければならないことを思い出し、急いで付け加える。

「あの、明日なんだけど、夕方からお客さんとの打ち合わせで風岡市まで行かなきゃならないの。だからここには来られなくて」

本当は柏木の自宅に行く予定だが、正直に言えず、葵は打ち合わせだと嘘をつく。

すると彼は「そうなんだ」と眉を上げ、微笑んで言った。

「忙しいのは何よりだね。葵の作る器がいろんな人に知られるようになれば、僕もうれしい。でも体調には気をつけて、明日もあまり無理しないように」

「……うん」

「じゃあ、気をつけて帰って」

＊＊＊

ミントグリーンの車に乗り込んだ葵が、エンジンをかけて走り去っていく。

窓越しにそれを見つめた御堂和之は、小さく息をついた。

(「体調が悪いから、今日はデッサンモデルをしたくない」なんて、見え透いた嘘を。いきなり僕に逆らうなんて、原因はやっぱりあの柏木とかいう男かな)

車椅子を操作し、窓辺から離れる。

和之の脚が不自由になったのは三年前で、大学院の修士二年のときだった。風岡市の大学の経済学部を卒業後に院に進んだのは、まだ社会に出たくなかったからだ。

卒業後に父が経営する会社に入社することが決まっていた和之は、就職の不安が一切なく、もう少し気ままな学生生活を楽しみたかった。

そのため、「将来会社の役に立つために、経済のことを突き詰めて勉強したい」と父を言いくるめ、大学院に進んだ。裕福な実家からの援助で学生には分不相応な広いマンションに住み、高級車を買い与えられて自由を満喫していた和之は、ずっとこんな日々が続くと信じて疑わなかった。

だが夏休み、実家に帰省するべく車で山道を飛ばしていた和之は、事故を起こした。

急カーブを曲がりきれずに山肌に衝突し、車が大破したが、他の車を巻き込まない単独事故だったのが不幸中の幸いだ。

大怪我を負った和之はドクターヘリで風岡市に搬送されて緊急手術を受けたが、二日後に目が覚めたときには下半身の運動機能を失っていた。

皮膚の感覚はうっすら残っているものの、立って歩くことができなくなったのを知ったときは、現実を受け入れるのに時間がかかった。

二ヵ月間入院し、そのあいだに自宅の離れはバリアフリーに全面改装されて車椅子でも不自由なく生活できるようになったが、赤の他人に世話を焼かれるのはひどく煩わしかった。

そこで白羽の矢を立てたのが、一歳年下の従妹である小谷葵だ。彼女の母親の尚子は和之の叔母に当たり、彼女から養育を委託される形で今から十年前に御堂家にやって来た葵は、物静かな雰囲気の少女だった。

とはいえ当時の和之は彼女に関心がなく、顔を合わせたときに二、三言葉を交わす程度の関係で、大学進学のために実家を出て風岡市に行ってからはまったくの没交渉だった。

和之が交通事故を起こす一ヵ月前に陶芸家だった祖父が亡くなっており、葵は彼が遺した工房を継ぐために修業先から地元に戻ってきていた。彼女に和之の世話をさせるのを提案したのは、母の真知子だ。一人息子の和之を溺愛している彼女だが、身の回りの世話をするのは少々荷が重かったらしく、姪の葵を世話役に任命した。

外面がよく、如才ない振る舞いで人づきあいをこなしてきた和之だったが、事故後はひどく神経質になり、プライベートな空間に赤の他人がいるとイライラして仕方がなかった。

そんな和之にとっても、血縁者である彼女は適任だったといえる。精神的に不安定になり、当初は些細な用事で葵を呼び出しては嫌がらせのようにこき使っていたが、彼女は黙々と言われたことをこなした。

(葵があんなに献身的に尽くしてくれるのは、うれしい誤算だったな。まあ、御堂家《うち》に対する恩があるから、逆らえないっていうのもあると思うけど)

事故をきっかけに大学院は退学しており、金回りがいい和之をちやほやしていた友人たちは潮が引くようにいなくなっていた。

父は車椅子でも御堂紡績に入社してほしいと考えていたようだが、精神的にすっかり腐っていた和之にはその気はなく、不自由な生活に慣れていく中で葵への依存度は高まっていった。

絵画を始めたのは、事故から三ヵ月ほど経った頃だ。主治医に「何か趣味を見つけたほうがいい」とアドバイスされ、手慰みに描き始めたところ、思いのほか集中することができた。

人物を描いてみる気になったのは、葵の姿を見るうちに興味が湧いたからだ。彼女は服装こそ地味だが、体型はほっそりとして優雅で、顔立ちもきれいに整っている。

そんな葵に「デッサンモデルになってくれないか」と申し出ると、最初は固辞したものの、何度も頼むうちに渋々了承してくれた。

かつては優しげな容姿を利用して何人もの女性と同時進行でつきあっていた和之だが、事故後は異性との縁はない。そんな中、二人きりのアトリエで葵をモデルにデッサンをする時間は、心を満たしてくれた。

今や和之にとってなくてはならないもので、彼女を描くことは毎日のルーティンとなっている。

(それなのに……)

——先ほどの葵は、見え透いた嘘でそれを拒否した。

ここ最近の彼女が、一ヵ月前に下ノ町に移住してきた柏木という男と急速に親しくなっているのは、既に承知している。御堂家は昔からこの辺りの大地主で、集落の人間は紡績会社で働いている者も多く、その家の長男である和之は周囲から一目置かれている。

月に何度か商店街に出掛け、車椅子で店に入るだけで、お喋《しゃべ》りな住人たちは和之にさまざまな噂話を聞かせてくれた。

七月にフレンチレストランを開業する予定だという柏木は、葵の工房に食器の制作を発注しているらしい。その打ち合わせで何度も顔を合わせるのはまったくおかしくはないが、二日に一度の頻度で工房を訪れるのはやはり多すぎる気がする。

（まさか、つきあっているのか？　まだそこまでいっていないとしても、たぶんあの男のほうは葵に興味を持ってる……）

葵は彼が頻繁に工房を訪れる目的を、「受注した器のデザインのディテールのチェックと、陶芸を教えているからだ」と説明していた。

何度も顔を合わせるうち、二人が接近していてもおかしくない。本屋で見かけた柏木は、整った顔立ちでスラリと背が高い、人目を引く容姿の持ち主だった。

（葵があいつとつきあうなんて、そんなの許せない。この先もずっと僕の世話をするべきなのに）

葵が自分の世話をするようになって以降、「彼女は自分のものだ」という意識が和之の中に強くあった。

他の男が葵に触れると思うだけで、不快な気持ちがこみ上げてたまらなくなる。そもそも陶芸家などと名乗ってこの家を離れているからこそ、そんなふうに悪い虫が付いたりするのだ。

だが今さら辞めさせるわけにはいかず、和之は車椅子の車輪をぐっと握りしめる。

（葵と柏木を、何としても引き離したい。でもどうするべきだろう）

彼女の行動をすべて制限するのは難しく、和之自身も自由には動けない。

それよりもまず、二人が恋愛関係になっているという裏付けを取るのが先だ。幸い目聡い集落の住人たちが新参者である柏木の動向を注視しているため、御堂家に家政婦として通っている吉田和子《かずこ》からそれとなく情報を集めればいい。

そこでふと和之は、先ほど葵が「明日は風岡市で打ち合わせがあるため、ここには来られない」と言っていたのを思い出す。

本当に客との打ち合わせがある可能性が高いものの、例えばそれが嘘で、柏木と会うのだとしたら――そんな想像が、頭をかすめていた。

（ありえるかもな。そうだ、今こそ例のアプリの使いどきかもしれない）

実は和之は、以前彼女が席を外したときにスマートフォンをこっそり操作し、ＧＰ

S情報を追いかけるためのアプリを〝ON〟にしていた。

アプリ自体は元々スマートフォンにインストールされているもののため、追跡しても葵には気づかれない。ファミリーとして位置情報を共有できる状態にしていて、アプリを開けばいつでも彼女がどこにいるかを調べることが可能だ。

翌日、和之は朝から自宅のアトリエでアプリをこまめに開き、葵がどこにいるかを確かめていた。

日中の彼女は工房から動かず、ずっと仕事をしているのがわかる。動きがあったのは、午後四時半だ。一旦自宅に戻った葵のアイコンは、三十分ほどしてから再び動き始める。

向かった先が柏木の自宅であるのがわかり、和之はぐっと顔を歪めた。

(やっぱり風岡市に打ち合わせに行くと言っていたのは、嘘だったのか。僕に黙って、葵はあの男と)

心の中に、どす黒い嫉妬《しっと》の感情がこみ上げる。

ほんのわずか本屋で言葉を交わしただけだが、柏木は整った容姿や大人の男性らしい余裕など、和之の欲しいものをすべて兼ね備えているように見えた。

何より健康体で、葵と何の障害もなく恋愛できるのが、妬《ねた》ましくてたまらない。彼の自宅から一向に動かなくなった葵のアイコンを食い入るように見つめ、和之はぐっと顔を歪める。

（このままじゃ済まさない。何が何でも、あいつを葵から引き離してやる）

外はだいぶ日が傾き、オレンジ色の西日が室内に差し込んでいた。

車椅子に座り、膝の上でスマートフォンを握りしめながら、和之はじっと考えを巡らせ続けた。

＊　＊　＊

ゴールデンウィークが始まって二日目の早朝、外はよく晴れ渡り、明るくなった空にゆっくりと朝日が昇ってきている。

工房の大きな窓からは緑が鬱蒼と茂る雑木林が見え、まるで絵画のようだった。窓を開け放すと清涼な風が通り、朝の清々しい空気を運んでくる。

今日の葵はいつもよりはるかに早い午前四時半から工房に来て、本焼きの準備をしていた。最初にするのは〝窯詰め〟の作業だが、これがかなりの重労働だ。窯の中の温度のムラをなくして順調に昇温させるため、そして電気代という経済的な観点からも、隙間なく作品を詰めて一度にできるかぎりの量を焼かなければならない。

窯の扉を開けた葵は、作品が載った重い棚板を立体パズルのように重ねていった。ちなみに素焼きは重ねて焼くことができるものの、本焼きは釉薬を掛けている関係上、作品ひとつひとつが重ならないように気を配らなくてはならない。

葵が使っているのは電気釜で、炎ではなく電熱線で温度を上げ、音や煙、臭いも出ないためにマンションなど一般家庭でも設置可能なものだ。通常は酸化焼成だが、昇温途中からバーナーを使用することにより還元焼成が可能なタイプで、値が張るが使い勝手がいい。

本焼きは素焼きよりも高温で焼くため、約十二時間かかる。これから午後四時半まで焼き、そのあとは数日かけて冷まさなければならない。

窯のスイッチを入れたあとは、ろくろ成形や鋳込みなどの作業を精力的にこなした。そして午後四時半に窯のスイッチを切り、片づけをして工房を閉める。一旦自宅に戻った葵はシャワーを浴び、メイクを直して、クローゼットから普段滅多に着ないワンピースを取り出した。

(せっかく招待してもらったんだし、多少のおしゃれをしないといけないよね。……Tシャツとデニムじゃ、あまりにも失礼だもん)

柏木と正式につきあうことになったのは、昨日だ。

彼に「うちで一緒に料理を作らないか」と誘われて以降、葵はずっと落ち着かない気持ちで過ごしていた。ゴールデンウィーク中は普通に仕事をしようと思っていたのに、思いがけず柏木の家に行くことになり、今日は朝から時間ばかりを気にしてそわそわしている。

（和之には「風岡市で打ち合わせがあるから、そっちには行けない」って嘘をついちゃった。……柏木さんとつきあっていることを、彼には知られたくない）

事故で下半身不随になったのをきっかけに社会と距離を置いている和之が、従妹である自分に強く依存しているのを、葵はひしひしと感じていた。

これまでは御堂家に恩義を感じていたからこそ、屋敷に通って彼の身の回りの世話を担ってきた。だが仕事をしながら毎日通うのはあまりにも負担が大きく、時間を取られるデッサンモデルはその最たるものだ。

今後はもう、モデルをしたくない。そしてこれまで描き貯めてきた自分の絵を破棄してほしい――明日和之と会ったらそういう話をしようと、葵は心に決めていた。

（大丈夫、きっと話せばわかってくれる。人物のデッサンがしたいなら、写真素材を見るとかそういうこともできるんだし。これまではっきり「嫌だ」って意思表示がで

きなかったわたしにも、責任がある）

とはいえ万が一彼が承諾しない場合を考え、心に暗い影が差す。

もしこちらの申し出を聞いた和之が逆上したら、何か面倒なことになるのではないか。そんな予感がして、気持ちが塞《ふさ》ぎ込《こ》んでいくのを感じた。

（ああもう、やめやめ。せっかく柏木さんに会うんだから、嫌なことを考えるのは今度にしよう）

車に乗り込み、十分ほど走らせて柏木の自宅に向かう。

玄関のチャイムを押すと引き戸が開き、白いエプロンを着けた彼が顔を出した。

「いらっしゃい」

「こ、こんにちは」

柏木がまじまじこちらを見つめてきて、葵は「どこかおかしいかな」と不安になる。

すると彼がニッコリ笑って言った。

「ワンピース、すごく可愛い。普段の小谷さんはそういう恰好をしないから、新鮮だな」

小花柄の紺色のワンピースを褒められ、葵は面映ゆい気持ちを味わう。

一生懸命着る服を選び、髪もサイドを編み込んだハーフアップにした甲斐があって、うれしかった。

葵に「入って」と促した彼は、店舗の厨房ではなく奥の階段から二階の居住スペースに案内する。

初めて入った二階は広く、シンプルだが選び抜いた家具が映えるインテリアはとてもスタイリッシュだった。窓枠や天井などにかつて古い住宅だった片鱗がわずかに残っていて、葵は感心してつぶやく。

「リノベーションで、こんなに開放的な間取りになるんですね。すごく素敵です」

「うん、光の入り方も結構気に入ってる。よかったらこのエプロンを使って」

「はい」

手を洗い、手渡されたエプロンを着けた葵は、キッチンに入る。

最新式の設備の台所は洗練されていて、清潔感があった。隣に立った柏木が言った。

「今日作るのは、地元産の牛肉を使ったアッシェパルマンティエ、牡蠣《かき》のオムレツ、鴨肉のラケソース。早速始めよう」

「は、はい」

まるで講師のように告げられ、葵は慌てて居住まいを正す。彼が言葉を続けた。

「まずは鴨肉。昨夜のうちにきれいに掃除して、重さの一パーセントの塩を擦り込んだあと、蜂蜜《はちみつ》で一晩マリネしてある。オーブンで低温調理していくんだけど、これに掛けるソースを作るよ」

真鍮《しんちゅう》の小鍋を出しながら、柏木が問いかけてくる。

「小谷さんは、普段料理は？」

「自炊はしてますけど……一人ですし、簡単なものばかりで。おしゃれな料理はまったく作れませんから、今日は足手纏《あしでまと》いになるかもしれません」

葵が気後れしながら答えると、彼が微笑んで言った。

「最低限の調理器具の扱いさえできれば、ＯＫだよ。〝ラケ〟は日本でいう照り焼きみたいなもので、蜂蜜にハーブを加えたソースを肉に繰り返し掛け、照りを出していく料理なんだ」

鍋に蜂蜜と砂糖、シナモンやコリアンダー、アニスなど数種類のハーブとスライスした生姜《しょうが》、柑橘系《かんきつけい》の皮などを入れ、キャラメリゼしていく。

作業を任された葵が木べらで炒めたところ、柏木が隣から手元を覗き込んで頷《いた》いた。

「うん、上手。もう少しかな」

「……っ」

彼の身体を間近に感じ、葵の頬がじんわり熱くなる。

柏木は白いシャツの袖をまくり上げていて、男らしく筋ばった手に色気があった。昨日からこちらに向ける口調が砕けたものになっていることも、葵をドキドキさせてやまない。

（いけない、ちゃんと集中しないと。失敗したら大変なんだから）

焦げ臭くならない程度にカラメル状にしたら、そこにシェリービネガーとペースト状の鶏の出汁《フォン・ド・ヴォライユ》を加えて、濃度を見ながら水を加える。

「ソースはこれで完成だ。あらかじめ一九〇度に熱したオーブンに鴨肉を入れて、このソースを五分置きに繰り返し掛けながら焼いていく」

「えっ、五分置きですか？」

「うん、鴨肉の芯温が五十一度になるまでね。忘れないように、タイマーをスヌーズでかけておこう」

次にアッシェパルマンティエに使うじゃがいもの皮を剥《む》いて角切りし、茹《ゆ》で始《はじ》める。

柏木いわく、〝アッシェ〟はみじん切り、〝パルマンティエ〟はじゃがいもを使った料理のことをいい、ひき肉の上にマッシュポテトを載せてチーズを掛けて焼いた、フランスの国民食らしい。

葵がじゃがいもを角切りにし、鍋に水と共に入れて火にかける隣で、彼が玉ねぎを切り始めた。半分に切ったあと、わずか十五秒ほどで手早くみじん切りにしてしまうのを見た葵は、目を瞠る。

（わ、早い……！）

どうやら手前側を切らずに繋げたままにし、向きを変えて千切りの要領で切っていくと、あっという間にみじん切りになるようだ。プロらしい鮮やかな手つきを見つめ、感心してつぶやいた。

「すごいですね。みじん切りが、こんなに早くできてしまうなんて」

「ちょっとしたコツだから、よく切れる包丁さえあれば誰でもできるよ」

柏木がフライパンにサラダ油をひいて熱し、中火で玉ねぎを炒める。

牛ひき肉を加えて肉の色が変わったら、赤ワインとみりんを加えてさらに炒めた。

水分が飛んだら塩とコショウ、ナツメグで味を調え、冷ましておく。

「じゃがいもが茹で上がるまで、牡蠣のオムレツに添えるデュクセルソースを作ろう。舞茸とマッシュルームを、粗みじん切りにしてもらっていいかな」

「はい」

葵の横で、彼は先ほど残していた半分の玉ねぎを、再びみじん切りにする。

そしてオリーブオイルを引いたフライパンできのこと一緒に炒め、そこに白ワインを加えた。コツは水分をすべて飛ばすことだといい、しっかり炒めたあとに生クリームを入れて煮詰め、味を調える。

ここからは、同時進行していた作業に少しずつスピード感が出てくる。茹で上がったじゃがいもを潰し、牛乳と茹で汁を加えてマッシュポテトにしたら、耐熱容器にひき肉と重ねて入れ、粉チーズを振ってトースターで焼く。

そのあいだも、タイマーが鳴るたびにオーブンの中の鴨肉にソースを掛けつつ、フライパンで大きな牡蠣を酒蒸しにしていた。そして別のフライパンを熱した柏木は、プロらしい手つきで芸術的な形のオムレツを作り、皿に盛ってナイフを入れる。トロリと広がったオムレツに牡蠣を添え、その上にチコリとエンダイブ、トレビスのほろ苦いサラダをふんわり載せる。そこにデュクセルソースを掛ければ、牡蠣のオムレツの完成だ。

オーブンから取り出した鴨肉は食べやすく切り分け、残ったソースとローズマリーを添える。こんがりと焼き上がったアッシェパルマンティエにパセリを振り、料理がすべて出来上がった。

「すごいです。短時間で、こんなに手の込んだ料理が作れるなんて」

「前の日に鴨肉を仕込んでおけば、簡単だよ。さあ食べよう」

テーブルに着き、ノンアルコールのシャンパーニュで乾杯する。

鴨肉のラケソースは内部がしっとりとしたレアで、外側は香ばしく、旨味がある肉にソースがマッチしていた。

牡蠣のオムレツはトロトロの卵とふっくら蒸し上がった牡蠣、クリーミーなデュクセルソースにほろ苦いサラダがいいアクセントになっている。葵は感嘆のため息を漏らして言った。

「どれもすごく美味しいです。味も見た目も、わたしがお手伝いして作ったなんて信じられません」

「一緒に料理するの、楽しかった？」

「はい、とても。どの工程でも手つきがてきぱきしていて、改めて柏木さんがプロの料理人なんだということがよくわかりました」

笑顔で答えると、柏木が面映ゆそうな表情で笑う。そして葵を見つめて言った。

「だったらよかった。実はこうして誘ったのは、自分の得意分野を見せれば、小谷さんが俺のことをもっと好きになってくれるんじゃないかって思ったからなんだ」

「えっ」

「今までは工房で、君に陶芸を教わる一方だっただろ。やっぱり少しはいいところを見せないと」

その言葉に胸がきゅうっとし、葵は小さく答える。

「そんな……今日一緒に料理をする前も、わたしは柏木さんをすごいシェフだって思ってました。でも実際にプロとしての手つきを見たら本当に鮮やかで、尊敬の念が湧いて……確かに好きな気持ちが強まったように思います」

精一杯気持ちを言葉にして伝えたところ、彼が目を見開く。

そして視線をそらし、片方の手で口元を覆ってしまい、葵は驚いて問いかけた。

「柏木さん?」

「……やばいな。小谷さんがそこまではっきり言ってくれると思わなかったから、すごくうれしい」

かすかに頬を染めた様子からは、柏木が本当にそう思っていることが伝わってきて、葵も気恥ずかしさをおぼえる。やがて彼が笑って言った。

「食べよう。パンとチーズも出そうか」

「はい」

――食事は楽しかった。

柏木のフランスでの話や、葵が全国のあちこちの窯元を訪ね歩いた話など、話題は尽きない。気がつけば声を出して笑っている瞬間があり、葵はそんな自分を珍しいと感じた。思えば御堂家に引き取られたときから周囲に遠慮する癖がついてしまい、あまり感情を表に出さなくなっていた気がする。

（柏木さんと一緒にいると、すごく楽しい。もっといろんな話がしたくて、この時間がずっと続けばいいって考えちゃう）

やがて料理がすべてなくなってしまい、二人で後片づけをした。

食器を食洗機に入れ、調理器具を洗って、シンク周りの水撥ねをきれいに拭く。するとふいに柏木が、隣で言った。

「よかったら、このあとワインをどうかな。フランスやチリ、イタリアのいいものを取り揃えてるんだけど」

「――――」

葵はこの家まで、車で来ている。

このあと運転して帰らなくてはならないため、食事の最中もノンアルコールのシャンパーニュを飲んでいた。彼もそれを承知しているはずだが、ここにきてワインを勧めてくる理由は何だろう。

（もしかして、わたしに帰ってほしくないと思ってる？　だから誘ってるの……？）

心臓が速い鼓動を刻み、じんわりと頬が熱くなる。

迷ったのは、一瞬だった。葵は柏木を見上げ、小さな声で答える。

「はい。……ご馳走になりたいです」

はっきりと言葉にはしていないものの、互いの気持ちが通じ合った瞬間だった。

ふっと笑った彼は、甘さをにじませた瞳で言う。

「じゃあ用意するから、向こうで待ってて」

「はい」

リビングの窓辺に向かい、外を眺めると、藍色の空に無数の星がきらめいて見える。下ノ町は高層ビルがなく、街灯もほとんどないため、星がよく見えるのが数少ない美点だ。葵はこのあとの展開を予想し、落ち着かない思いをじっと押し殺す。いつになく大胆な振る舞いをしている自覚があるものの、この場から逃げ出したいという気持ちは微塵もなかった。

(わたしは、もっと柏木さんに近づきたい。……そして本当の恋人同士になりたい)

やがて柏木がワインのボトルとグラスを二つ持ってきて、テーブルに置いた。

葵をソファに誘《いざな》った彼は、慣れた手つきでコルクを開け、グラスに注いで言う。

「じゃあ、乾杯」

「……乾杯」

その後、ワインについてあれこれ話しながらつい杯を重ねてしまったのは、おそらく緊張のためだ。

何しろ最後に男性とつきあったのは三年前で、祖父の死後こちらに戻ってくる際に別れてしまった。それ以来誰とも交際しておらず、こういうときにどう振る舞っていいかわからない。

軽く酩酊をおぼえた頃、彼がふいにこちらの頬に触れて言った。

「顔が赤い。あまり酒は強くないのかな」

「ふ、普段はあまり飲まないので……」

頬に触れる大きな手を意識し、葵は柏木の顔を見ることができない。すると彼が、微笑んで問いかけてくる。

「車で来たのにワインを飲むことに了承してくれたのは、小谷さんも『帰りたくない』って思ってくれてると解釈するので合ってる？」

「……っ、はい」

葵がドキリとしながら返事をした瞬間、彼の眼差しに甘さが増す。

こちらの顔を引き寄せ、髪にキスをした柏木が、ささやくように言った。

「じゃあ、もう遠慮しない。――全部俺のものにするから」

わずかに身体を離され、葵がそっと視線を上げた瞬間、唇を塞がれる。

何度かついばまれて思わず吐息を漏らすと、わずかに開いた隙間から彼の舌が忍び込んできた。ゆるゆると絡められ、その感触に陶然とする。

そうするうちに柏木の手が胸元に触れ、葵の身体がビクッと震えた。

「ぁ、……」

やんわり揉みしだかれると彼の手の大きさがわかり、心臓の鼓動が速くなる。

キスを解いた柏木が耳元に唇を滑らせてきて、思わず首をすくめた。耳朶《じだ》に触れるかすかな吐息と柔らかな感触にゾクゾクとした感覚がこみ上げ、次第に呼吸が乱れていく。

彼の二の腕に触れると、柏木がささやくように言った。

「――寝室に行こうか」

寝室は八畳くらいの広さで、低いタイプのダブルベッドがあり、清潔感のあるリネンの上に無造作に掛かった紺色のブランケットがいい差し色になっていた。

壁には現代アートが飾られ、さりげなく観葉植物が置かれていて、落ち着ける空間だ。部屋に入った葵は柏木に再び口づけられ、ベッドに押し倒される。先ほどよりも大胆に押し入ってきた舌に、甘い吐息を漏らした。

「んっ……」

うっすらと目を開けると、間近で彼と視線が絡む。端整な顔立ちに胸がきゅうっとし、葵は吐息が触れる距離でささやいた。

「柏木さん、好き……」

「俺もだ。でも、下の名前で呼ばれたいかな」

葵が「匡さん？」と問いかけると、彼が微笑んで言う。

「ああ。俺も君の名前を、下のほうで呼びたい。――〝葵〟って、最初からきれいな名前だと思ってた」

「あ……」

首筋に顔を埋め、唇を這《は》わせられた葵は、柏木の身体の重みを受け止める。

彼の触れ方は丁寧で、葵は柏木の手と唇に翻弄された。性急さのないその動きは最初に感じていた緊張を徐々に解かし、いつしか甘い声を抑えられなくなる。

彼の身体は引き締まって精悍《せいかん》で、ストイックなそのラインにひどく色気があった。その肌に直《じか》に触れると体温がじんと染みわたる感覚があり、思わず吐息を漏らす葵の耳元で、柏木がささやいた。

「可愛い、――葵」

やがて彼が中に押し入ってきたとき、数年ぶりの行為であるせいかわずかに引《ひ》き攣《つ》れるような痛みを感じた。

だがそれを凌駕《りょうが》する充実感があり、満たされる感覚に胸がいっぱいになる。浅く呼吸をする葵に、彼が問いかけてきた。

「……つらくないか？」

「……っ、はい」

「動くよ」

緩やかに律動を繰り返されるうち、初めに感じていた疼痛《とうつう》は治まり、身体の奥から甘い愉悦がこみ上げてくる。

こちらを見下ろす柏木の眼差しには押し殺した熱があり、ときおり漏らすかすかな吐息から、彼も感じていることが伝わってきた。

「……っ……匡、さん……っ」

「葵……」

徐々に動きを激しくされ、互いの息遣いで室内の雰囲気が淫靡《いんび》さを増す。

しがみつくと柏木はそれ以上の強さで抱き返してきて、葵の胸の奥がじんと震えた。

快楽の階《きざはし》を駆け上がり、ビクッと身体が大きく震える。

それとほぼ同時に彼が息を詰め、最奥で達したのがわかった。

気がつけばすっかり汗だくになっていて、葵は荒い呼吸を繰り返す。柏木も息を乱しつつ、身を屈《かが》めて口づけてきた。疲労と甘い余韻が身体を満たすのを感じながら、葵はそれを受け止める。

「ん……っ」

緩やかに舌を絡め、やがて満足したらしい彼が、葵の身体を抱き寄せてベッドに身を横たえた。柏木がこちらの髪に鼻先を埋め、吐息交じりの声で言う。

「すごくよかった。最後、歯止めが利かなくなって少し激しくしたけど、平気か?」

「だ、大丈夫です」

密着する素肌と彼の体温が心地よく、葵は急速に眠気を感じる。

だが明日も仕事なのだから、早朝の人目がないうちに帰らなくてはならない。そんなことを考えていると、柏木が言う。

「明日の朝、俺が朝食を作るよ。何かリクエストある?」

「あの、朝五時には帰ろうと思っているので、朝ご飯は遠慮します。そうじゃないと、ご近所の目が……」

「また〝近所の目〟か。俺は葵とつきあってることが周囲にばれても、全然構わない。それどころか、自慢したいって思ってる」

彼はわずかに身体を離し、葵と目線を合わせて言葉を続けた。

「俺たちは晴れてつきあい始めたんだから、恋人らしさを満喫しよう。とりあえず俺は三食君に食事を作ってやりたいし、四六時中一緒にいたい」

「でもわたしは、仕事が……」

「ゴールデンウィークなのに？」

「電話や来客応対はしませんけど、納期を前倒しで進めるために制作をしようと思っていたんです」

現在の制作スケジュールは、余裕があるわけではないものの切羽詰《せっぱつ》まっているわけでもないという微妙な状況だ。すると柏木が、心配そうな顔をして言う。

「一人で仕事をしているから仕方がないのかもしれないが、オンとオフの切り替えをしっかりしないと、身体を壊すよ。いつも休みらしい休みは取ってないんだろう？」

「そうですね」

「だったらこのゴールデンウィークは、少し意識して緩いスケジュールにしないか？工房で仕事をしても、切りのいいところでやめて根は詰めない。それで余暇は俺と過ごす」

驚く葵に対して彼は微笑み、言葉を続けた。

「仕事以外の時間は君がリラックスできるよう、俺は精一杯努めるつもりだ。要は一緒にいたいだけだけど、ゴールデンウィークなんだからそれくらい許されるだろう」

まるで「名案だ」と言わんばかりの表情でそう提案され、葵は思わず噴き出す。

周囲の目を気にしてコソコソしようとしている自分が、ひどく卑屈に思えた。確かに悪いことをしてるわけではないのだから、堂々としていてもいいのかもしれない。

何より肌を合わせた今は、もっと柏木といたいという気持ちが強くこみ上げて仕方がなかった。

「そうですね。連休が終わるくらいまでは……いつもより少し緩く仕事をするのもいいかもしれません」

葵は微笑んで言った。

「決まりだな。明日の朝ご飯、洋食と和食どっちがいい？」

「匡さん、和食も作れるんですか？」

「何でも作るよ。どこかの店で食べた料理を、『だいたいこんな感じかな』って再現したり」

「すごい」と言って目を輝かせる葵を見つめ、彼がクスリと笑う。

「葵はそういう顔をすると、本当に可愛いな。普段がわりとクールな印象だから、余計にそう思うのかも」

「すみません。あまり愛想がなくて」

柏木の前以外では、こんなふうに笑うことは滅多にない。葵がそう言ったところ、彼が面映ゆそうな表情でこちらの頬を撫《な》でた。

「君とつきあっているからこそ見られる、特権だってことか。だったらもっと笑ってくれるように頑張らないと」

身体を起こした柏木がふいに上に覆《おお》い被《かぶ》さってきて、葵は「匡さん？」と呼びかける。すると彼は、ニッコリ笑って言った。

「せっかく泊まることになったんだし、もう一回しようか」

「えっ」

「葵が本当に俺のものになったんだって、確かめたい。何しろ工房に行くたびに触れたくなるのを、ずっと我慢してたんだから」

いつも涼やかで紳士的な態度でこちらに接しながら、実はそんな欲望を内に秘めていたのだとわかり、葵の顔がかあっと赤らむ。

（でも……）

柏木が来るのをそわそわと心待ちにし、端整な姿に胸を疼かせていたのは、こちらも同じだ。

彼の愛情が自分に向けられているのを実感している今、幸せな気持ちが心を満たしていくのを感じる。葵は腕を伸ばし、柏木の頬に触れると、微笑んで言った。

「わたしも、匡さんに触られたいです。――あなたのことが好きだから」

彼がこちらに身を屈め、唇を塞いでくる。

その首に腕を回し、柏木の身体の重みを受け止めながら、葵は彼がもたらす快楽に再び身を委《ゆだ》ねた。

第六章

カーテンを閉め忘れた窓から、寝室内に朝日が差し込んでいる。

眩しさで目覚めた柏木は、ふと腕の中にぬくもりがあるのに気づき、視線を向けた。

すると葵がこちらの胸に頬をくっつけて眠っている。

(そうだ。俺は昨日、彼女をうちに招いて……それで)

食事のあとに「ワインを飲まないか」と誘ったとき、彼女はそれを拒まなかった。

この家に泊まってもいいという意思表示だと感じ取った柏木は、葵を抱いて今に至る。

昨夜初めて抱いた身体は、ほっそりとして美しかった。陶芸家である彼女は力仕事や立ち仕事が多く、普段はTシャツにデニムという動きやすい恰好をしているものの、実はかなりきれいな女性だ。

顔立ちは整っていて、体型はしなやかで女らしい。人見知りをする性質らしく、いつもクールな表情でいることが多いが、昨夜は酒が入ったせいかよく笑うところが可愛らしかった。

これまで何となく及び腰だった葵を口説き落とし、ようやくこの腕に抱けた柏木の中には、深い感慨がある。寝室に連れ込んだあと、初めはひどく緊張していた彼女だったが、時間をかけて触れるうちに次第に素直な反応をするようになり、気がつけば柏木はすっかり夢中になっていた。

結局二度抱かれた葵は、疲れ果てて未明に眠りに落ちてしまった。時刻を確認すると午前六時で、柏木は「今日はどうしようか」と考える。

(まずは朝食だな。冷蔵庫の中に、何があっただろう)

昨夜彼女は、柏木が和食も作れると言うと驚いていた。

食材の関係で今日は無理だが、連休中に和食を作るのもいいかもしれない。葵の喜ぶ顔を想像するだけでうれしく、柏木はつい微笑む。わずか一夜で、自分でも呆れるほど彼女に骨抜きにされている自覚があった。

(起きて朝ご飯の準備をしたい気持ちはあるけど、ベッドから出るのが勿体ないな。俺が動くと、彼女を起こしてしまうかもしれないし)

柏木は自分の腕の中で眠る葵の顔を、じっと見つめる。

乱れた髪の隙間から見える目は閉じられており、長い睫毛《まつげ》が頬に影を落としていた。剥き出しの細い肩がしどけなく、規則正しい寝息を聞くと穏やかな気持ちになれる。

すると視線を感じたのか、葵がわずかに身じろぎした。彼女の瞼《まぶた》がゆっくり開けられ、何度か瞬《まばた》きをする。柏木は葵に向かって声をかけた。

「――おはよう」

「……あ……」

顔を上げた葵は、柏木と目が合った瞬間、パッと顔を赤らめる。

そして慌ててタオルケットを引き寄せ、顔の半分を隠しながら小さく言った。

「お、おはようございます……」

「まだ六時だから、もう少し寝てていいよ」

「いえ。工房に行かなきゃいけないので」

聞けば彼女は、普段は午前八時頃に出勤するものの、昨日は本焼きのために四時半起きだったという。柏木は驚いて言った。

「そんなに早く起きなきゃいけないのか？」

「本焼きは、焼き上がるまでにだいたい十二時間かかるので。昨日の夕方には釜のスイッチを切ってきましたけど」

葵はこのまま二度寝をせずに工房に行くと言ったため、柏木は彼女に向かって告げた。

「じゃあ、シャワーを浴びておいで。そのあいだ、俺は朝食を作るから」

自分のシャツを羽織らせた葵を脱衣所に案内し、新しいタオルを手渡したあと、柏木はキッチンに向かう。

冷蔵庫の中を確認し、頭の中でメニューを組み立てた。まずは食パンに作り置きのベシャメルソースを塗り、ハムと溶けるチーズを挟む。さらにその上にソースとチーズをたっぷり載せ、一八〇度に余熱したオーブンに入れた。

その傍ら、かぼちゃを一口大に切り、レンジで加熱する。そして粗熱を取ったあと、ヨーグルトとマヨネーズ、蜂蜜で作ったソースで和え、クルミとモッツァレラチーズを加えて混ぜて、冷蔵庫に入れておいた。

いんげんは切らずに長いままベーコンと炒め、塩とコショウ、少しの醤油で味付けする。やがて二十分くらい経った頃、葵が姿を現した。

「シャワー、ありがとうございました」

「ああ」

「何かお手伝いしますか？」

彼女の申し出に、柏木は答えた。

「いや、いいよ。葵は座ってて」

「でも」

「昨夜疲れさせちゃったし、俺はとことん君を甘やかしたいんだ。もう出来上がるよ」

やがてテーブルには、こんがりと焼き目のついたクロックムッシュ、かぼちゃとクルミ、モッツァレラチーズのサラダ、いんげんとベーコンのソテー、デザートのびわというメニューが並んだ。

目の前にコーヒーを置くと、それを見た葵が目を輝かせる。

「朝からこんなに作ったんですか？　すごい」

「昨日君に『朝ご飯を作る』って豪語したし、このくらいはしないと恰好がつかないかなと思って」

「美味しそうです。いただきます」

クロックムッシュにナイフを入れた彼女が、一口頬張り、「美味しい」と笑顔になる。

いんげんはシャキシャキした歯ごたえとベーコンの旨味がマッチし、かぼちゃのサラダはほんのりした甘さにクルミの食感がアクセントになっていた。彼女が皿を見つめ、感心した表情で言う。

「プロの料理人に朝ご飯を作ってもらうなんて、贅沢ですね。わたしはいつも、前の日のご飯の残りかトーストだけなので」

「俺も一人ならそんな感じだ。コーヒーとパンくらいだよ」

朝食のあとは、葵の車で一緒に工房に向かった。

昨日本焼きをしたと言っていたため、てっきり釉薬掛けをした湯呑みの仕上がりを見られると思っていたが、まだ窯は開けられないらしい。

「本焼きの温度は一二〇〇度で、そこから冷ますのに数日かかるんです。取り出せるくらいの温度になるには、最低でも二日は置かないと」

「いきなり外気に触れると、急激な温度差で割れるってこと？」

「はい」

彼女は微笑んで言った。

「窯出しは、陶芸で一番わくわくする瞬間なんです。本焼きの前と後では器の色も質感もまったく違うので、きっとすごく驚くと思います」

「そうなのか」

「ええ。一番聞いてほしいのは、釜出しの瞬間の〝音〟なんです。匡さんにも聞かせてあげますから、楽しみにしててくださいね」

工房内の掃除をやらせてもらいつつ、柏木は葵が土を練る作業を見守る。

大まかに土をまとめたあと、片方の手を押し込みながら練り込んでいく〝菊練り〟という作業は、華奢な彼女がやっているとは思えないほど力強かった。

そして電動ろくろで成形する姿は、凛として美しい。灰色に染まった両手で土を包み込み、親指を入れるとすぐに間口が広がって、瞬く間に壁を作っていく。

葵の眼差しは真剣そのもので、あっという間に中鉢を作り上げ、シッピキで切り離していた。その工程を何度も繰り返し、木の板の上にずらりと器が並ぶ。

やがて彼女は、鋳込みでの作業に入った。鋳込みとは同じ形状やサイズの作品を大量に作る際、石膏の型を使って均一的に作る技法で、泥漿といわれるドロドロの陶土を流し込む。

そして余分な泥漿を排出したあと、石膏型を逆さにして網の上に置き、五十分ほど乾燥させた。泥漿がチョコレートくらいの固さになったら固定していたゴムバンドを取り去り、軽く振動を与えながら型を外していく。

まずは鋳込み口の部分から取り去り、口の余分なところをナイフで切り落として、断面をスポンジで綺麗に加工した。外れにくいところは型の隙間にエアーコンプレッサーを吹きつけつつ型を分解していくと、形のきれいな器が姿を現す。

柏木は感心してつぶやいた。

「すごいな。こういう型を使えば、同じ形のものをいくつも作れるのか」

「一見きれいに見えますけど、よく見ると石膏型の合わせ目にいわゆる〝バリ〟ができていたり、軽い鋳や凹みがあります。でも型を外してすぐはまだ柔らかくて危険なので、持っても形が崩れないくらいに乾燥させてから加工します。こんなふうに」

彼女は二日くらい前に作った鋳込みの器を手に取り、アートナイフやメッシュヤスリを使って、余分なところを削っていく。柏木は工房の中に数多くある制作中の器を眺めつつ言った。

「それぞれ作業段階が違う器を、同時進行でいくつも作ってるんだな。それもこんなにたくさんだなんて、頭が混乱しそうだ」

「手が空いたときにできることを次々していかないと、追いつかないんです。零細企業なので、わざわざうちを指名してくれた仕事はできるかぎり引き受けたいですし」

それを聞いた柏木は、わずかに表情を曇らせて問いかけた。

「もしかして、俺が頼んだ仕事のせいで忙しくなってるのか？　数もかなりあるし」

「いえ。確かに匡さんのお店の食器はかなりの数ですけど、わたしがやりたくて受けた仕事ですから。何よりあの素敵なお料理を盛る器を作れると思うと、すごくやりがいがあります。もし他の作家さんに任されたら、嫉妬するくらい」

葵が笑顔でそう言ってくれ、柏木はホッとする。

彼女は成形済みの柏木の店舗用の器を見せてくれ、「これがどんなふうに仕上がるんだろう」と想像し、わくわくした。

やがて昼前にその日やらなければならない最低ノルマが終わり、葵が言った。

「一応、ここまでの作業でノルマは終わったんですけど……」

「じゃあ、俺の車でランチに出掛けないか？　ここから三十分ほど走ったところに、隠れ家的なイタリアンの店がある」

こちらに引っ越してきたときに人づてに紹介され、一度行ったことがあるが、とてもいい店だった。

するとそれを聞いた彼女は意外そうに眉を上げ、すぐに「……でも」と言いにくそうに答える。

「出掛けてもいいんですけど……わたしは夕方の五時くらいに、本家に行かなきゃいけないんです。だから、それまででよかったら」

「本家って、前に言ってた従兄の家？」

葵が頷き、目を伏せて言葉を続けた。

「仕事が終わったあと、毎日通っているんです。昨日は『用事がある』と言ったので、行かずに済みましたけど」

「どうして……」

「車椅子生活をしている従兄の、面倒を見なくてはいけなくて。介護とかではなく、身の回りの雑務などです」

それを聞いた柏木は、ふと数日前に本屋で会った車椅子の青年のことを思い出す。

こんな狭い田舎町に、車椅子に乗っている若い男性が何人もいるとは思えない。顎に手を当てた柏木は、考え込みながらつぶやいた。

「――葵の従兄に、俺は会ったことがあるかもしれない」

「えっ？」

「二日前に商店街の本屋に行ったとき、話しかけられたんだ。二十代後半くらいの、優しそうな顔の男性だった」

すると葵が、わずかに狼狽してこちらを見る。

「たぶんそれは、わたしの従兄だと思います。あの、彼のほうから匡さんに話しかけてきたんですか？」

「ああ」

「……そうですか」

彼女は少し動揺しているように見え、柏木はその理由が気にかかる。毎日仕事のあとに本家に通っているのには驚いたものの、親族同士で話がついているのなら自分は口を挟めない。柏木は葵を見下ろして言った。

「とりあえず、午後五時までに下ノ町に戻ってくれば問題ないか?」

「はい」

「そのあと、夜は一緒に過ごせる?」

すると彼女はじわりと頬を染め、小さく答える。

「はい。あの……匡さんさえよければ」

「俺は四六時中、君と一緒にいたいと言っただろう。じゃあ一旦、うちに戻ろうか」

「あ、わたしも着替えたいんですけど」

「だったら先に、葵の家に寄ろう」

工房から出て車で走ること二分、葵の自宅に着く。

前回来たときは夜だったためによく見えなかったが、かなり年季の入った平屋の建物だった。中に入ると、北欧風のインテリアの室内はきれいに片づいていて、ホッと落ち着ける空間になっている。

「葵らしいインテリアだな。シンプルだけどセンスがよくて、居心地が良さそうだ」

「そうですか？　わたし、ちょっと着替えてきますね」

昨日のままのワンピースから着替えるべく寝室に入ろうとする彼女を、柏木は背後から抱き寄せる。そして細い腰に腕を回し、その髪に顔を埋めながら、耳元でささやいた。

「――朝からずっと、こうして触れたくてたまらなかった。昨夜の葵が俺の腕の中でどんなふうに乱れたか、そればかりを思い出して」

「……っ」

葵の顔がみるみる赤らんでいき、「そんな……」とつぶやく。

それをいとおしく思いながら、柏木は言葉を続けた。

「工房は君の職場だから、不埒《ふらち》な真似をするのは失礼だと思って自重してたんだ。でもこうして自宅に上がらせてもらえて、うれしい。葵が俺に心を許してくれたようで」

すると彼女がくるりとこちらを振り向き、目元をほんのり染めながら恥ずかしそうに言う。

「心なんか……とっくに許してます。そうじゃなきゃ、匡さんのおうちに泊まったりしません」

葵の眼差しにはこちらへの愛情が確かににじんでおり、柏木は微笑んで答える。

「そうだな。葵が人との距離を積極的に詰める性格ではなくて、俺を〝特別〟にしてくれてるのは、態度でわかる。だからこそ、こうして中に上がらせてもらえて舞い上がってる」

彼女の腰を正面から抱き寄せた柏木は、その顔を見下ろして問いかけた。

「キスしていいか？」

「……はい」

ちょんと唇の表面を触れ合わせてすぐに離れると、葵がどこか物足りなそうな顔になる。

それを可愛く思いながら、柏木は再びその唇を塞いだ。少しずつ口づけを深くしていき、蒸れた吐息を交ぜる。一度触れると際限なく欲しい気持ちがこみ上げ、いつまでもキスが終わらなかった。

ようやく唇を離すと、彼女はすっかり息を乱しており、目も潤んでいる。柏木は吐息が触れる距離でささやいた。

「離れがたいけど、まだ昼間だし、これから出掛けないとな」

「……はい」

「うちに持っていく着替えを、数日分作ったらどうかな。だって連休中は仕事をする以外の時間、俺と一緒にいてくれるんだろう？」

すると葵が恥ずかしそうに笑い、「そうですね」と答える。

彼女の車に荷物を積み込んで柏木の自宅まで行ったあと、車を乗り替えて出掛けた。目的のイタリアンレストランまでは約三十分の距離だが、国道脇は新緑が旺盛に生い茂り、目に眩しい。

青く澄んだ空や明るい日差し、道の脇に揺れる小花や田園風景が長閑で、行楽にふさわしいうららかな天気だった。

小高い丘の上にあるイタリアンレストランはとても雰囲気のいい店で、あらかじめ連絡していたため、窓際の席を用意しておいてくれていた。彩り鮮やかな前菜やウニのムースにコンソメのジュレを添えたもの、オマール海老を使ったトマトクリームパスタ、魚料理と肉料理を愉しみ、そのあとはしばらくドライブをする。

そして食材の買い物を済ませ、午後五時前に下ノ町まで戻ってきた柏木は、葵に向かって言った。

「従兄の家の前まで、送っていくよ」

「いえ、大丈夫です。終わったら匡さんの家まで行きますから、少しのあいだ待っていてください」

あまり関わってほしくなさそうな雰囲気を感じ取った柏木は、それ以上食い下がるのをやめ、助手席に座る彼女の髪に口づけて言う。

「わかった。じゃあ、自宅で夕食を作って待ってる」

「はい」

＊＊＊

夕方の少し涼しくなった風が吹き抜ける中、家の前で降ろしてもらった葵は、走り去っていく柏木の車を見送る。

心がふわふわとして、まだどこか現実感がなかった。昨夜彼に抱かれ、本当の恋人同士になったことが、まるで夢のように思える。

（昨日一緒に料理をしたの、すごく楽しかった。匡さんの家に泊まったのは、わたし自身の意思だけど……まさかあんなに甘い雰囲気になるなんて）

ベッドの中での柏木は優しく情熱的で、そういった行為が久しぶりだった葵を時間をかけて溶かしてくれた。

その動きに性急さはなく、愛情がにじんでいて、終わってみればとても幸せなひとときだった。

しかも朝起きてからの柏木はまるでカフェのようなクオリティの朝食を作り、昼は車でイタリアンレストランにランチに連れていってくれたりと、至れり尽くせりだ。

身体の関係ができて明確に変わったのは、彼との距離感かもしれない。格段に親密さが増し、こちらを見つめる眼差しがぐっと甘くなったのを感じる。

葵のほうも、柏木の整った顔や指の長い大きい手、シャツの首元から覗く太い鎖骨など、ふとした瞬間に見惚れている瞬間があり、そんな自分を押し隠すのに苦労していた。

(こんなに浮ついていたら、わたしが匡さんとつきあい始めたのが周囲にばれちゃう。……どちらにせよ、もう時間の問題かもしれないけど)

葵の車が夜通し彼の自宅の敷地内に停まっていたことや、柏木が家に上がったことなど、近隣住人に見られている可能性は大いにある。

「知られても構わない」という思いと、「できれば誰にも知られたくない」という思いがせめぎ合い、葵は目を伏せた。こんなふうに考えるのは、柏木に対して失礼だ。あんなにも真っすぐ愛情を伝えてくれる彼は、こちらが交際について後ろ向きな思いを抱いていると知れば、きっと失望するに違いない。

（たぶんわたしと匡さんの関係は、すぐに御堂家に知られてしまう。……伯母さんや和之は、一体どんな反応をするだろう）

この町で暮らす以上、葵が伯父一家と関わりをなくすことは不可能だ。

成人していて、自分で生計を立てているのだから、本来なら誰とつきあおうと自由だろう。だが葵の中にはひとつの懸念があり、それが抜けない棘《とげ》のようにずっと心に突き刺さっていて、だからこそ柏木との交際が公になることに躊躇いがあるのかもしれない。

走り去る車をしばらく見送り、踵を返した葵は、自分の車に乗り込んで御堂家の屋敷に向かう。いつもの位置に車を停め、離れの建物に入ると、スマートフォンを手に車椅子に座っていた和之がこちらを見た。

「葵、今日は少し早いんだね」

「うん」

「昨日の打ち合わせ、どうだった？」

一瞬「何のことだろう」と考えた葵だったが、ふと昨日ここを訪れない理由を「打ち合わせがあるからだ」ということにしていたのを思い出し、ぎこちなく答えた。

「う、うん。お店の中に飾る、オブジェの制作の依頼の話で……デザインはまだはっきり固まってないの」

「そっか。ところで今、世間はゴールデンウィークだけど、葵は仕事を休まないの？」

彼の問いかけに、葵はバッグを置きながら頷く。

「うん。制作スケジュールは少し前倒しで進められてるけど、すごく余裕があるわけじゃないから。毎日工房で仕事をするつもり」

「そのわりに今日は、きれいな恰好をしてるね。まるでデートに出掛けるみたいな」

心臓がドキリと跳ね、葵は思わず和之を見る。すると彼は、ニッコリ笑って言った。

「葵、いつも工房で作業するときは、汚れてもいいようなTシャツとデニムだろ。だから珍しいなって」

「それは……」

焦ったのは一瞬で、すぐに表情を取り繕う。

「たまにはわたしだって、こういう恰好をするよ。今日は土を使う作業じゃなくて、削りとかデザインだったから」

葵は部屋の隅にある大きな箱に歩み寄り、それを開けながら言った。

「それより、このあいだできなかったラックの組み立てをするね。出来上がったものを置くのは、この壁際でいい？」

「うん」

箱からパーツを取り出し、ひとつひとつ床に広げながら、葵はじっと考える。

（やっぱり今日、和之に言おう。……ここに来る回数を減らしたいって）

毎日御堂家に通っているため、現状は葵のプライベートの時間はほぼない。

これまでは何とかやってきたが、柏木とつきあい始めた今、「もっと彼と過ごす時間が欲しい」という欲求が葵の中に芽生えていた。そもそも和之の面倒を見るのは家族である伯父夫婦の役割であり、この家から出ている葵にその義務はない。

今までは「三年間この家で世話になったのだから、身体の不自由な従兄の役に立って当たり前」という暗黙の了解のもとに従ってきたが、いい加減解放されてもいいはずだ。

そんなことを考えながらラックを組み立て、二十分ほどで完成する。出来上がったものを見た和之が、感心したように言った。

「こういうものを作れるの、すごいね。普通の女の子は、大きい家具を組み立てるのとか得意じゃないのに」

「わたしはいつも、道具を使った作業とかしてるから、大型家具の組み立てとかに苦手意識はないかな」

葵は「それより」と言って、彼を見た。

「今日は和之に、相談があって。今まで毎日ここに来て雑務やデッサンモデルをしてきたけど、その頻度を減らしたいの」

「えっ？」

「わたしにも仕事があるし、いろいろ立て込んでくると、ここに通うのが大変で」

するとそれを聞いた和之が、事も無げに言う。

「これまでも仕事が忙しいと来ないときがあったし、それについて僕が文句を言ったことは一度もないだろう？　臨機応変に対応すればいいよ」

「でも――」

「葵が急にそんなことを言い出すなんて、何か理由があるのかな」

彼の問いかけに、葵はぐっと言葉に詰まりながら答えた。

「理由は……今言ったとおりだよ。仕事の依頼が増えてきて、午後五時までに作業を終わらせるのが難しいときもあって……。和之が人物をデッサンしたいなら、別にわたしじゃなくても構わないでしょ？　素材写真とか、探せばいくらでもあるんだから」

「わかってないなあ。僕は葵がモデルだからこそ、描きたいんだ。君以外の人間には興味がないし、僕の芸術的感性を刺激する、いわば〝ミューズ〟みたいな存在なんだよ」

和之はそう言いながら壁際の書棚の前まで車椅子を進め、何冊もあるスケッチブックのうちの一冊を手に取る。そしてそれをパラパラとめくりつつ、言葉を続けた。

「ほら見て、よく描けてる。この角度とか最高だと思わないか」

「……っ」

開いたスケッチブックを差し出され、葵はその中身からサッと目を背ける。

そして押し殺した声で、彼に訴えた。

「三年前、退院してきた和之が『身の回りに他人がいるとイライラする』って言ったから、この離れには極力家政婦さんを入れずにわたしが雑務をすることになったよね。あのときは事故に遭ったばかりの和之が気の毒だったし、わたしにできることは手伝いたいと思ってた」

「………」

「でも、わたしはもう充分やったでしょう？　今は陶芸家としての生活があって、引き受けた仕事に対する責任があるの。和之は家にばかり閉じこもってないで、もっと外に目を向けたほうがいいよ。調べたら近隣の町にいろんなサークルとかがあるし、絵が好きならそういうところに入れば、きっと仲間を見つけられて楽しいんじゃないかな」

すると和之は葵の傍から離れ、車椅子を動かして画材が入ったデスクに向かう。

彼はこちらに背を向けたまま言った。

「そんなサークルなんて、全然興味ないよ。たまに買い物に出て、この集落の人たちと話すくらいなら構わないけど、知らない人間と一から関係を構築するのは疲れる」

「でも和之は、小学校から大学まで常に人に囲まれてたでしょ？　元々コミュニケーション能力は高いんだから……」

「僕は葵さえいればいい。――他の人間はいらないんだ」

はっきりそう言いきられ、葵は思わず口をつぐむ。

和之にそこまで依存されることが、重くて仕方なかった。自分は彼の兄妹でも恋人でもなく、ただの従妹だ。面倒を見る義務はないのに当然のように寄り掛かられると、息苦しくてたまらない。

自身の二の腕をぎゅっとつかみ、葵は口を開いた。

「和之、わたしは――……」

そのときデスクの引き出しを開けた彼が、カッターを取り出した。

そしてチキチキと音を立てながら刃を出すと、左手の手のひらに押し当て、力を込めて切り裂く。葵はぎょっとして大きな声を上げた。

「ちょっ、何やってるの……！」

急いで和之の肩をつかんで傷の具合を確かめると、手のひらが深く切り裂かれ、鮮血が噴き出していた。

葵はひどく動揺しながらミニキッチンに向かい、そこから持ってきたタオルで彼の傷口を押さえる。そして「どうして……」とつぶやくと、和之があっさり言った。

「ああ、手が滑っちゃった。結構深く切れたね」

「手が滑ったって……」

どう見てもわざとやったようにしか見えず、葵は彼の意図がわからず混乱する。

自分で手のひらを切り裂くなど、尋常じゃない。この深さだとすぐには出血が止まらないかもしれないと考えた葵は、患部を強く押さえながら言った。

「縫わなきゃいけないかもしれないから、お医者さんに往診に来てもらえるか聞いてみる。往診が無理なら病院に行かないと……」

「もし縫うんなら、しばらく手が使えないかもしれないな。利き腕じゃないけど、いろいろ不自由になる」

痛みなどまるで感じていないような口調で言った和之が、葵を見つめてニッコリ笑う。

「だから葵は、今までどおりにここに来てよ。それで僕の手助けをしてくれるとうれしい」

「……っ」

その発言を聞いた葵は、彼の意図を悟り、ゾッとした。

(和之は……わたしを自分の傍から離さないために、わざと怪我をした？　どうしてそこまで……)

青ざめた葵の顔を見つめながら、和之が怪我をしていないほうの右手でこちらの手をつかむ。そして間近で視線を合わせつつ、微笑んで言った。

「もしまた葵が『ここには来ない』って言ったら、僕は何をするわからない。僕が望むのはただひとつ、今までどおりの生活が続くことだ。――よく覚えておいて」

その後、和之を車で診療所まで連れていき、怪我の処置を終えて御堂家に帰宅したときは午後七時を過ぎていた。

葵が柏木の自宅に戻ってきたのは、七時半だ。車の音に気づいて外に出てきた彼は、こちらの顔を見るなり言う。

「遅かったんだな。何かあったのかと心配してた」

「従兄が……手を怪我してしまって。彼を診療所に連れていったりしていて、遅くなったんです」

葵が詳細をぼかして説明し、「医師に処置してもらったので、問題ない」と言うと、彼が安堵した様子を見せる。そして明るい口調で言った。

「今日は和食にしたんだ。俺がフレンチ以外も作れるって言ったとき、驚いてただろ。だから」

車を降り、柏木の自宅の二階に上がると、いい匂いが漂っている。

早速キッチンに入ろうとする彼に腕を伸ばし、葵はその背中に強くしがみついた。

「……どうした？」

柏木が驚いた顔で問いかけてきて、葵は彼の広い背中に頬を押しつけて答える。

「離れているあいだ……匡さんに会いたくて仕方がなかったんです。ほんの二、三時間でこんなこと思うなんて、おかしいですよね」

するとと彼が笑い、葵の手に自身のそれを重ねながら言った。

「俺も同じだ。明日も明後日も、連休のあいだはずっと君と一緒にいられることになったのに、たった二時間離れるのが我慢できない。恋愛に浮かれるような歳《とし》じゃないのに」

柏木は「でも」と続け、身体をこちらに向けて言った。

「二人とも同じ気持ちなら、何の問題もないんじゃないか？　何しろ俺たちはつきあい始めたばかりなんだし、多少馬鹿になったって誰にも迷惑はかけないだろう」

「ん……っ」

唇を塞がれ、差し込まれた舌をゆるりと絡められて、葵は目を閉じる。

キスが深くなり、口腔《こうくう》を舐め尽くされる感覚に、眩暈《めまい》がした。彼の腕が身体を抱きすくめ、上から覆い被さるように貪られる。ようやく唇が離れ、葵が大きく息をついた途端、腕を引いて寝室に連れ込まれた。

ベッドにこちらの身体を押し倒しながら、柏木がささやくように言う。

「悪いが、夕食はあとだ。――君が欲しくて我慢できない」

熱を孕んだ眼差しで見つめられ、葵の体温がじわりと上がった。

触れたいのはこちらも同じで、腕を伸ばして彼の首を引き寄せながら答える。

「わたしも……匡さんに、触れられたいです」


——じっくりと時間をかけて性感を高めた昨夜とは違い、今日の柏木は飢えたように情熱的だった。

葵の感じるところばかりに触れ、反応を引き出す。それでいて独り善がりなところはまったくなく、ふとした瞬間に目が合うたびに唇に触れるだけのキスをしたりと、しぐさのいちいちが甘い。

昨日に比べて幾分余裕がある葵は、思いきって腕を伸ばし、柏木の身体に触れてみた。滑らかな皮膚の下は硬く、実用的な筋肉がついていて引き締まっている。

広い肩幅やしなやかな印象の腕、厚みのある胸板など、服を着ているときにはわからない男らしさにドキドキした。自身の身体に触れる葵の手をつかんだ彼が、それを自身の口元に持っていきながら言う。

「こんなに細くて小さい手なのに、葵はあんなすごい作品を作れるのがすごいな」

「……っ」

指先をチロリと舐められ、こちらに向けられる柏木の眼差しの色っぽさに、葵は頬が熱くなるのを感じる。

やがて彼が体内に押し入ってきたとき、圧迫感だけではなく心もいっぱいになり、葵は目の前の身体にしがみついた。するとそれ以上の強さで抱き返され、柏木が押し殺した声で言った。

「――動くよ」

長く執拗《しつよう》に揺さぶられ、その動きには快感しかなく、葵は甘い声を上げる。

柏木がときおり漏らす吐息や色めいた眼差しに煽《あお》られて、どんどん濡れていくのを止められなかった。

やがて彼が最奥で果てたとき、身体はぐったりと疲れていた。汗ばんだこちらの額に口づけた柏木が、優しく問いかけてくる。

「疲れたんなら、このまま寝ようか。食事は明日に回してもいいし」

「匡さんがせっかく用意してくれたんですから、食べたいです。今日は何を作ってくれたんですか？」

「イカと里芋の煮物と、牛肉と蓮根の甘辛炒め、なめこと三つ葉のおろし和え。それから鯵《あじ》のなめろうや、茶碗蒸しもある」

思いのほか多彩な和食に驚きつつ、葵は笑顔で言う。

「すごい。ご馳走ですね」

「ああ。せっかくだから、日本酒を開けよう」


それから二日ほど、葵は柏木と蜜月のようなひとときを過ごした。

朝から工房に行き、最低限の制作を進めたあと、彼と一緒にドライブがてら買い物に出掛けたり、一緒にキッチンに立って料理をする。柏木はフランスに長くいたせいかスキンシップが多く、想像以上に甘い男だった。まめに世話を焼き、目が合うたびに高確率でキスをしてきて、葵は反応に困る。

朝晩の食事の際はシェフとしての腕前を惜しげもなく披露し、彩りも品数も申し分ないメニューを提供してくれた。穏やかで優しい柏木の傍にいるだけで葵は安らぎをおぼえ、気がつけば笑顔でいることが多くなっている。

だが夕方になれば御堂家の屋敷に向かい、和之が暮らす離れを訪れていた。

(もしわたしが通うのをやめたら、和之は何をするかわからない。……本当は、あん

な理不尽な理由に従いたくないのに）

彼が突然自分の左手を切りつけたとき、葵は戦慄《せんりつ》した。

どうやら和之は、葵が「ここに来る頻度を減らしたい」「もっと外に目を向けて、絵画サークルなどに入ったらどうか」と言ったのがよほど気に障ったらしく、自傷行為でこちらを脅すという強硬手段に出た。

彼の言い分は、「葵は仕事やプライベートを犠牲にしても、自分に尽くすべき」という傲慢なもので、断じて受け入れられない。なのに無視できずに和之の元に通ってしまうのは、彼がより過激な行動に出ることが怖いからだ。

（あのときの和之は、自分の身体を傷つけることに何の躊躇いもなかった。どうしてそこまでわたしに依存するんだろう）

昔から常に友人に囲まれ、絵に描いたような充実した学生生活を送っていた和之だが、事故で下半身不随になってからは周囲に誰もいなくなってしまった。

それは彼が自分から友人を遠ざけたせいなのか、それとも敬遠されてしまったからなのかはわからない。だが孤独になった反動で葵に執着している可能性は、充分ある。

（でもわたしは、和之の友人にはなれない。自分の時間を犠牲にして彼の役に立ちたいという気持ちも、申し訳ないけどまったく持てない）

だが和之は、「葵が自分を突き放した場合、何をするかわからない」と明言していた。

あのときの躊躇いのない行動を思えばあながち狂言とも思えず、葵は彼と距離を取ることができなくなってしまった。和之自身はあんな事件があったあとだとは思えないほど平然としていて、いつもどおりの態度なのがひどく不気味だ。

（いつまでも和之に従うことが、彼のためにならないのはわかってる。わたしへの依存をやめて自立してもらわなきゃいけないけど、一体どうするべきなんだろう）

今のところは和之を刺激しないように振る舞っているが、葵としては彼と距離を取りたいという気持ちに変わりはない。だが有効な手立てが思い浮かばず、手をこまねいていた。

「……葵、どうかしたか？」

考え込んでいると、ふいに柏木がそう問いかけてきて、葵は我に返る。

朝日が燦々《さんさん》と差し込むリビングで、ちょうど食後のコーヒーを飲んでいるところだった。葵は慌てて表情を取り繕い、笑って答える。

「何でもないです」

朝食後、葵は今日のノルマ分の制作をするべく、彼と連れ立って工房に向かった。

そして三日前に本焼きをした電気釜の庫内の温度を確かめ、軍手を手に嵌めながら言う。

「今日はまず、本焼きした器の窯出しをします」

「このあいだ焼いたって言ってたやつか？　実際に取り出すまで、こんなに時間がかかるんだな」

「はい。窯の内部の温度が一〇〇度を切らないと、外には出せないので」

重いハンドルを下げ、窯の扉を少しだけ開けて、内部の熱を逃がす。

ムッとした熱気が漏れ出てくるが、窯は下段から冷めてくるため、上部が一〇〇度近くても下は素手で触れられる程度になっていた。

葵は柏木を手招きし、窯から器を取り出しながら「よく聞いていてください」と告げる。すると器から風鈴のように澄んだ音が聞こえ、彼が目を瞠ってつぶやいた。

「これは……」

「窯から出した器が冷たい外気温に触れると、素地と釉薬のあいだで膨張の差が起きて、貫入が出来始める音なんです。窯出し後、冷めてからも表面に罅が入り続けて、数日に亘《わた》ってこの音が聞こえます。目視でも貫入が広がっていくのがわかりますよ」

貫入を創り出すためには、さまざまな工夫がある。

収縮が少なく耐火性が大きい素地を使い、ソーダ長石を釉薬に使用するというのが経験から編み出したやり方だが、それでも失敗することがあるのだから、つくづく奥が深い世界だ。

窯出しのときに聞こえるこの音は本当に美しく、陶芸の醍醐味《だいごみ》といってよかった。

葵はひとつひとつ器を取り出し、板の上に並べながら言う。

「匡さんが作った湯呑みも焼き上がりました。これです」

手渡した湯呑みは、ヒワ灰釉と白志野の二色の釉薬が斜めに半分ずつ掛かり、グレーがかったベージュと生成り色が味わい深い色調で出ている。

出来上がった湯呑みを見た柏木が、感嘆の声を漏らした。

「すごい。ちょっと形は歪《いびつ》だが、自分で作ったとは思えない出来栄えだ」

「素敵ですね。表面の自然な流れ模様や、二色が重なったところもいい色味ですし」

するとそれを聞いた彼は、微笑んで言った。

「こうして完成形を見ると、他のものを作ってみたい欲求が湧くな。成形する工程も、釉薬を掛けて焼き上げる工程も、本当に奥深い」

「じゃあ、今度はお皿や中鉢にしてみませんか？」

「ああ、ぜひ」

思いのほか柏木が陶芸に嵌まってくれ、葵はうれしくなる。

工房での仕事が終わった午後は、彼の自宅で作成中のメニュー表のレイアウト案を見せてもらい、求められるがままに意見を述べた。多彩なメニューのひとつひとつがどんな料理かを説明され、葵は味を想像しながらつぶやく。

「こんなにいろいろな料理があるなんて、フランスってすごい国ですよね。わたしは海外旅行の経験がないので、想像するしかないんですけど」

「いつか一緒に行こうか。俺のお気に入りの店を案内するよ」

さらりと誘われ、葵は思わずまじまじと柏木を見つめる。

将来のことをてらいもなく口にする彼に、何ともいえない気持ちがこみ上げていた。つきあい始めてから数日、柏木は蕩《とろ》けるように甘く、恋愛経験の少ない葵は翻弄されっ放しだ。一緒にいる時間が長いせいか急速に関係が深まっていて、心には彼への想いが強くあった。

(でも幸せであればあるほど、どこかで足元を掬われるような怖さがある。……こんなふうに考えるの、嫌なのに)

やがて夕方になり、葵は和之の元に行くべく身支度を始めた。すると柏木が突然、思いがけないことを言う。

「葵の従兄の家、俺も一緒に行っちゃいけないかな」

「えっ？」

「このあいだも本屋で少し話をしたけど、君とつきあい始めたわけだから、改めて挨拶したい」

突然の申し出に、葵はひどく混乱した。

和之はこちらに強く依存しており、葵が距離を取ろうとした途端に自傷行為をした。そんな彼に柏木を会わせれば、変に刺激してしまうことにならないだろうか。

（でも、このままだと和之のわたしへの依存が治まらない。だったら匡さんとつきあい始めた事実をはっきり示すことで、彼が諦めてくれるきっかけになるかも）

和之がどんな反応をするかはまったく読めず、リスクも大きい。だが一生彼の面倒を見ろと言われても、それは受け入れられない。ならば一か八かで柏木を会わせ、現実を知ってもらうべきではないか。

そう結論づけた葵は、彼を見上げて言った。

「本当にいいんですか？　行っても、あまり楽しくはないかもしれませんけど」

「ああ」

車に乗り込み、十分少々走らせて御堂家の屋敷に向かう。

立派な門構えを見た柏木が、感心したようにつぶやいた。

「すごい屋敷だな」

「御堂家は昔からこの辺りの地主で、伯父は紡績会社を経営しているんです」

母屋ではなく同じ敷地内の離れに向かい、玄関の引き戸を開ける。

アトリエ兼リビングに行くと、和之がこちらを見て目を瞠った。

「葵、その人は……」

「ごめんなさい、急に連れてきたりして。このあいだ本屋で会ったかもしれないけど、こちらは柏木さん。下ノ町に引っ越してきた人で、フレンチレストランを開くために、わたしの工房に食器の制作依頼をしてくれた人なの」

すると柏木が、葵の隣で自己紹介する。

「突然お邪魔して申し訳ありません、柏木と申します。数日前、商店街の本屋でお会いしましたね」

「……ええ」

和之は複雑な表情をしており、葵は彼に向かって告げた。

「実はわたし、柏木さんとおつきあいを始めたの。彼が和之に改めて挨拶したいって言って、今日ここに」

「ふうん」

一瞬沈黙した和之が、顔を上げる。彼はニッコリ笑い、柏木を見つめて言った。

「わざわざお越しいただき、ありがとうございます。御堂和之です。ここには滅多に人が来ないので、いらしていただけてうれしいです。先日お話ししたときも思いましたが、柏木さんはとても背が高いんですね」

「はい」

「うらやましいな。僕はこのとおり、車椅子なので」

和之は「それにしても」と言葉を続ける。

「あなたが葵とつきあい始めたなんて、驚きました。彼女の工房に食器の制作依頼をしたのは、既に聞いて知っていましたが」

彼は車椅子を動かして移動しながら、葵を見た。

「葵、悪いけど、母屋に行ってお茶を三つ持ってきてもらっていいかな」

「えっ、でも……」

「この時間、吉田さんは夕食の支度で忙しいんだ。だから」

柏木がすかさず和之に向かって「お構いなく」と言うものの、彼は微笑んで答えた。

「せっかく来てくださったんですから、どうぞくつろいでください。フレンチレストランを開業するお話も、いろいろ聞かせていただきたいですし」

彼らを二人きりにすることに、躊躇いがこみ上げる。しかし断れる流れではなく、
葵は小さく言った。

「じゃあ……今、お茶を持ってくるから。ちょっと待ってて」

「ああ、頼むよ」

第七章

葵がスライドドアを開けて、リビングを出ていく。それを見送った柏木は、バリアフリーの室内をさりげなく見回した。毎日夕方に伯父の家に行くという彼女に同行を申し出たのは、面倒を見ているという従兄に興味が湧いたからだ。

車椅子生活だと聞いたときから、従兄が数日前に本屋で会った青年だということはわかっていた。彼――御堂和之は、とても柔和な印象の青年だ。にこやかで愛想がよく、話し方も如才ない。数日前に怪我をしたという左手には厚く包帯が巻かれており、車椅子を動かす手つきが少し覚束《おぼつか》なかった。彼がこちらを見上げ、微笑んで言う。

「まさか柏木さんがうちに来るとは思わなかったので、驚きました。葵と仕事の繋がりがあることは知っていたんですけど」

「そうですか」

「彼女は僕に、何でも教えてくれるんです。その日あった出来事や仕事の内容、プライベートなことまで」

和之はゆっくり車椅子を動かし、棚のほうに向かいながら言葉を続けた。

「葵が毎日ここに通ってきてくれて、僕はとても助かっています。身の回りのこまごました雑務をこなすだけではなく、話し相手にもなってくれますから。こうして家にいると社会との接点がないので、彼女と話すことがいい刺激になってるんですよ」

室内には壁際に絵画らしいキャンバスが数枚重ねて立て掛けられ、描きかけの絵がイーゼルに置かれている。柏木はそれを見つつ、彼に問いかけた。

「御堂さんは、絵を描かれるんですか？」

「はい。車椅子生活になってから主治医に趣味を持つように勧められ、試しに描いてみたら、思いのほか集中できるのに気づいたんです。よろしければ、僕の描いたものを見ていただけませんか？」

「ええ、ぜひ」

すると和之は棚から数冊のスケッチブックを取り出し、それを柏木に手渡してくる。

「それはこれまで描いた、ごく一部ですけど」

「拝見します」

パラパラとスケッチブックをめくった柏木は、その内容に目を瞠る。

中には葵らしき女性の姿が、隙間なくびっしりと描かれていた。あらゆる角度から見た彼女の姿が、最初のページから最後まで描かれている。

次のスケッチブックをめくっても、中身は同様だった。執拗なまでの筆致からは、葵への強い執着が垣間見え、柏木はゾッとする。彼が口元に笑みを浮かべて言った。

「さっきも言ったように、それはごく一部ですよ。毎日ここを訪ねてきてくれる葵を、僕はずっと描き続けています」

「…………」

「僕の世界は、このアトリエと葵で完結しているんです。たまに下ノ町の商店街に出掛けたり、病院の定期検診などもありますけど、それ以外でここを出ることはありません。だからこそ、葵をスケッチする時間はとても濃密で、なくてはならない時間なんです」

和之は穏やかで人当たりのいい顔をしているものの、よく見ると目の奥が笑っていない。彼は柏木を見つめ、問いかけてきた。

「柏木さんはフレンチの料理人で、その容姿ならすごく女性にもてそうですよね。いくらでもつきあう相手が選べそうなのに、なぜ葵なんですか？」

「それは……」

答えようとした瞬間、アトリエ兼リビングの引き戸が開き、葵が戻ってくる。

彼女は冷たいお茶のグラスが三つ載ったお盆を手にしていて、こちらを見て言った。

「匡さん、何を見て──……」

柏木の手にスケッチブックがあるのを見た葵はサッと顔色を変え、急いでお盆をテーブルに置く。そして柏木の手から、ひったくるようにスケッチブックを取り上げた。

「葵？」

あまりの勢いに驚き、柏木は彼女に呼びかける。すると葵がこちらから隠すようにスケッチブックをテーブルに置き、押し殺した声で答えた。

「こんなの、見ないでください。こんな……」

「……………」

それを聞いた和之が、噴き出して言う。

「〝こんなの〟呼ばわりはひどいな。僕が一生懸命描いたものなのに」

葵がこわばった表情で彼を見つめ、ぐっと唇を引き結んだ。彼女は突然柏木に視線を向け、思わぬことを言う。

「──匡さん、もう帰りましょう」

「えっ、でも……」

こちらの手を引いて帰ろうとする葵に、和之が穏やかに微笑みながら告げる。

「せっかく来たのに、せっかちだなあ。今日はいいけど、明日はちゃんと来てくれないと困るよ。わかってるだろ、葵」

「……っ」

彼女は答えずに顔を背け、そのまま玄関に向かう。

靴を履き、建物から出て車に乗り込むまで、葵は硬い表情をしていた。エンジンをかけて走り出した車の中、柏木は助手席からその横顔を見つめつつ問いかける。

「よかったのか？　来たばかりで帰ってしまっても」

「いいんです。和之のお喋りに時間を使うのが、勿体ないですから」

どこか頑《かたく》なな口調は、普段の彼女にはないものだ。柏木は再び口を開いた。

「――和之さんから、スケッチブックを見せられた」

それを聞いた彼女の肩が、かすかに動く。柏木は先ほど見たものを脳裏に思い浮かべつつ、言葉を続けた。

「中身は君を描いた絵で、最初から最後までびっしり描き込まれていた。それを見た瞬間、俺は彼の葵に対する執着を強く感じたんだ。これは俺の推測に過ぎないけど、もしかして君は和之さんのところに通うのがかなりの負担になってるんじゃないのか」

すると葵がしばらく沈黙し、やがて小さく息をつく。そして目を伏せて語り始めた。

「匡さんの言うとおり……わたしは和之のところに通うのを、かなりの負担に感じています。毎日仕事が終わったあと、欠かさず離れに行って雑務をこなすのが、本当に大変で。一番時間を取られるのは、デッサンモデルなんです。短くて三十分、長くて一時間……帰宅するのが遅くなるので、その分プライベートを削られているのが現状です」

それを聞いた柏木は、眉をひそめて問いかける。

「いくら従兄とはいえ、プライベートを犠牲にしてまですることではないんじゃないかな。雑務は同居のご家族に任せるとか」

「それは……」

――葵が語り始めたのは、自らの境遇だった。高校一年生のときに父親が病死し、仕事人間だった母親が海外勤務を希望したこと。当初は葵も一緒に連れていくつもりだったが、英語がまったく話せなかったために現実的ではなかったこと。

するとこの下ノ町に住む祖父が、「うちに住んで、ここから学校に通えばいい」と言ってくれたこと――。

「風岡市からだいぶ離れたこの下ノ町に引っ越さなければならなかったので、せっかく入学した高校からは転校することになってしまいました。その後三年間をあの家でお世話になったのは事実で、とても感謝しています。でも、そういう前提があるからこそ、和之の事故のあと伯母に『あなたがあの子の面倒を見てくれるわよね』と言われたとき……断れなかったんです」

だがそれが三年近くに及ぶと、疲れが出てくる。

葵は陶芸家として仕事の幅を広げており、日々多忙だ。それなのに和之も伯父夫婦もまったく頓着せず、毎日御堂家に通うのを要求してきたらしい。

話を聞いた柏木は、以前葵が「ここは善くも悪くも、典型的な田舎だ」「暗黙の了解が当然のようにまかり通り、ときに息苦しくなる」と語っていたのを思い出す。

学生時代に引き取ってもらったのを引き合いに出し、彼らは葵の善意と労働力を搾取している。事故直後ならいざ知らず、それが年単位に及べば、かなりの負担に違いない。柏木は眉をひそめて問いかけた。

「和之さん本人に、通う回数を減らしてほしいと告げることはできないのか？」

「数日前に、話をしました。最近仕事が増えてきて、毎日和之の元に通うことが大きな負担になってる、だから回数を減らしてほしいって。でもそう申し出た途端――彼はカッターで自分の左手を深く切りつけてしまったんです」

先ほど彼の左手に包帯が巻かれていたのを思い出し、柏木は驚きをおぼえる。

確かに何日か前、葵の帰りがひどく遅いときがあった。それが和之の自傷行為だとわかり、思わず絶句すると、彼女が苦渋に満ちた表情でハンドルを握りつつ言葉を続ける。

「『葵が僕から離れようとするなら、何をするかわからないよ』って……そう告げられて。もしこのあいだよりひどいことになったらと思うと、何も言えなくなってしまいました。そのタイミングで匡さんが同行するのを申し出てきて、ある意味チャンスだと思ったんです。わたしにはわたしの生活があると理解してもらえれば、和之の依存も少しは治まるんじゃないかって。でも――それは効果がなかったみたいです」

葵への依存が治まるどころか、和之は柏木に対抗意識を燃やし、彼女の姿を執拗に描いたスケッチブックを見せてきた。ことさら親密さをアピールする言動といい、彼の葵に対する執着は恋愛感情に近い気がする。

やがて車は柏木の自宅に到着し、敷地内に停まった。柏木は運転席に座る葵の手をつかみ、彼女に向かって問いかけた。

「確認しておきたいんだが、葵は和之さんのところに通う頻度を低くしたいと思っていて、できればデッサンモデルもやめたい。それで間違っていないか？」

「……はい」

「だったら和之さんだけではなく、君にそれを強要した伯母さんにもはっきり告げるべきだ。できるなら伯父さんも交えて話をして、自分の生活を優先したいと主張したほうがいい。そもそも葵に和之さんの面倒を見る義務はないし、まずは彼の家族である両親が頑張るべきだろう」

柏木の中には、御堂家の面々への怒りがふつふつと湧いていた。

葵の時間を平気で搾取する彼らが、腹立たしくてならない。才能ある陶芸家である彼女を軽く扱われていることが、ひどく不快だった。柏木は葵の目を見つめ、言葉を続ける。

「それから和之さんのことだけど、彼はカウンセリングなどを受けさせたほうがいいんじゃないかな。君を繋ぎ留めるために自傷行為をするなんて、普通じゃないよ。その対応についても伯父さんたちと話し合い、葵は和之さんと距離を取るべきだ」

するとそれを聞いた彼女が、瞳を揺らして言った。

「……いいんでしょうか。わたし、ずっと伯母から『あなたが面倒を見るべきよ』って言われて、和之からもそれが当然っていう態度を取られてきて——それを拒否することが、どこか自分勝手に思えていたんです」

「それはいわば〝刷り込み〟で、周囲の言動に押されてそう考えてしまってるだけだ。

第三者である俺が見て違和感をおぼえるんだから、葵は罪悪感を抱く必要はない」

きっぱりとした柏木の言葉に、葵はようやく納得したらしい。

彼女は何ともいえない表情で、こちらを見た。

「そうですよね。わたしには和之の世話をする義務はないんだから、はっきりそう言っていいんですよね。匡さんにはっきり言葉にしてもらえて、ようやく客観的に見られた気がします」

「うん」

「伯父さんたちと、ちゃんと話をします。そして和之にとってどうするのが一番いいか、医師やカウンセラーも含めて考えるように提案します」

葵が自分の意思をしっかり持ってくれたことに、柏木はホッとする。

彼女の手を強く握り、安堵させるように微笑んだ。

「俺は一〇〇パーセント君の味方だし、手伝えることは何でもするから、遠慮なく言ってくれ。何しろ今回の話は、俺にとって他人事《ひとごと》じゃないから」

「えっ？」

「和之さんの問題が片づけば、もっと葵と一緒にいられるだろ」

するを葵が目を丸くし、すぐに小さく噴き出す。

「確かにそうですね」

「とりあえず、世間は明日まで連休だ。君を独占するつもりだけど、それで構わないか？」

甘さをにじませた口調で問いかけると、彼女が面映ゆそうに微笑み、頷いた。

「……はい」


「あ……っ」

灯りを絞ったリビングの中、葵のあえかな声が響く。

ソファで背後から抱き込む形で、柏木は彼女の細い首筋に唇を這わせていた。メインの仔羊のロティと作り置きの料理での夕食のあいだ、柏木は努めて明るく話題を振り、葵を楽しませることに専念した。

その後はワインを飲みながら動画配信サービスで映画を観始めたが、くっついているとすぐに触れたい欲求が募り、こうして悪戯《いたずら》を仕掛けている。

彼女は感じやすく、どんな些細な触れ方にも敏感な反応を示した。それに気をよくした柏木の動きは、次第に大胆になっていく。後ろから抱きすくめるようにしながら耳朶に舌を這わせ、胸のふくらみをやんわりと揉みしだいた。

こうして葵に触れるようになってまだ数日しか経っていないが、もう数えきれないほど抱き合っている。すんなりとした細い身体、愛撫で漏らす甘い吐息、サラサラの髪やきれいな顔など、彼女を形作るすべてのパーツに惹かれてやまない。仕事ではあんなにすごい器を作るのに、素の葵はどこか控えめな雰囲気が庇護欲をそそった。

本人いわく、普段のクールな表情は人づきあいが苦手であることの裏返しだというが、ひとたび打ち解けてしまえば思いのほか感情を表に出し、笑顔が可愛らしい。

日が経つごとにこちらへの好意を態度で示してくれるようになって、柏木はそんな彼女がいとおしくて仕方なかった。ゴールデンウィーク中ということもあり、仕事は最低限にしてなるべく二人で過ごすように努めたのもよかったのだろう。

相変わらず葵の仕事ぶりは素晴らしく、白く細い手から瞬く間に器が作り出されていく様子は圧巻の一言だ。

一方で、プライベートでは柏木が作る料理に素直な感嘆の表情を浮かべ、一緒にキッチンに立つときも楽しそうにしている。抱き合えば素直な反応をし、しぐさや潤んだ眼差しに色気があって、柏木の中で彼女に対する愛情が急速に深まっていた。

従兄のところに行く葵に同行を申し出たのは、興味があったからだ。たとえ脚が不自由だとしても、従妹である彼女を毎日呼びつけるのは度が過ぎている。そんなことを命じる従兄の人となりを知りたいというのが、柏木が同行を申し出た動機だった。

（でも……）

実際に会って言葉を交わしてみると、御堂和之はかなり癖のある人物だった。

彼は葵をわざと母屋に遠ざけ、二人きりの状況で柏木にマウントを取ってきた。ことさら彼女との親密さをアピールし、葵の姿がびっしりと描かれたスケッチブックを何冊も見せてきたのは、間違いなくこちらへの牽制だろう。

おそらく和之は、彼女に対して並々ならぬ執着を抱いている。葵の恋人として紹介された柏木を前にしても余裕の態度を崩さなかったのは、〝絶対に彼女を自分の傍から離さない〟という強い自信があるからかもしれない。

（家のしがらみで縛ろうとしているのかもしれないが、そんな形は歪だ。彼がしようとしていることは、葵の気持ちを無視した〝支配〟に他ならない）

御堂家で養育してもらったのを盾に、理不尽を強いられても断れずにいる葵の現状に、柏木は憤りをおぼえていた。どうにかして、彼女を自由にしてやりたい。これまでずっと我慢を続けてきたのだと思うと、葵が気の毒で仕方なかった。

思わずぎゅっと強く抱きすくめると、彼女がわずかに息を詰まらせる。そして視線だけをこちらに向け、問いかけてきた。

「匡さん……？」

「好きだ、葵」

「ん……っ」

後ろから頤《おとがい》を上げ、唇を塞ぐ。

顔を上に向けられた葵は苦しいのか、喉奥で小さく呻いた。キスを解かないまま、柏木は彼女の身体をソファの座面に押し倒す。すると葵がうっすら目を開け、恥ずかしそうに言った。

「こ、ここでするんですか……？」

「ああ。今すぐ君に触れたくて、たまらない。ベッドまで待てないくらいに」

「あ……っ」

薄闇に浮かび上がる彼女の白い身体は、ほっそりしてきれいだった。

丁寧な愛撫で性感を高めたあと、柏木は葵の腕をつかんで身体を起こし、自身の膝に載せる。自らの重みで昂《たか》ぶりを深く受け入れる形になった彼女が、喘《あえ》ぎながら首にしがみついてきた。

「あ……っ、匡さん……っ」

「葵……」

息を乱しながら互いに快感を追い、目の前の細い身体を抱きしめて最奥で果てる。

一旦シャワーを浴びたあとに寝室に移動し、再び抱き合って、疲れ果てた葵が眠ってしまったのは夜半を過ぎていた。ベッドサイドに置かれたランプが柔らかく室内を照らす中、柏木は彼女の寝顔を見つめつつ考える。

（葵が御堂家から解放されるため、俺はできるかぎりの協力をしよう。場合によっては、弁護士が必要になるかもしれない）

もし話し合いが決裂し、伯父夫婦や和之が葵を縛りつけるのをやめないなら、間に代理人を立てるというやり方もある。

何より彼女を和之に渡したくないという思いが、柏木の中に強くあった。

「……匡さん……？」

ふいに身じろぎした葵が、ぼんやりと目を開けてこちらを見る。それを見た柏木は、彼女の乱れた髪を撫で、優しく言う。

「もう寝よう。明日は六時起きでいいか？」

「……はい」

「おやすみ」

＊＊＊

翌朝は快晴で、予想最高気温は二十七度と初夏を思わせる予報になっていた。

目が覚めたのは午前六時になる少し前で、葵はシャワーを浴びながら昨日の出来事を反芻《はんすう》する。

（匡さんを和之に会わせたのは、失敗だったかもしれない。……わたしの絵を描いたスケッチブックを見せるなんて）

和之に柏木を会わせることで、葵は「こちらには、こちらの生活があるのだ」と理解してもらうためのきっかけになったらと考えていた。

だが実際の彼は葵への執着を隠さず、柏木に見せつけるような態度を取っていて、想定していたのとは真逆の展開になってしまった。しかも昨夜、葵のスマートフォンには和之から「明日はちゃんと来るように」と駄目押しのようなメッセージが届いていて、彼がこちらの事情にはまるで頓着していないのがわかる。

だが事情を理解した柏木は、「葵が和之の面倒を見る義務はない」とはっきり言ってくれた。そして具体的なアドバイスもしてくれ、葵の中には和之と距離を置くという強い決意が芽生えていた。

(和之のわたしへの執着は、度を超している。もっと外に目を向けたほうが彼のためにもなるんだから、伯父さんと伯母さんにそう提案してみよう)

こちらを繋ぎ留めるために、また自傷行為などされてはたまらない。

それを防ぐためには、和之の両親である伯父夫婦を交えて話し合うのは必須だ。その道筋をつけてくれた柏木のことを思い浮かべ、葵は胸がきゅうっとするのを感じた。六歳年上の彼は、とても頼りがいのある男性だ。いつも穏やかで声を荒らげることはなく、葵が話しにくいことも時間をかけてじっくり聞き出してくれる。

その言動には気遣いが溢れ、こちらを楽しませるためにわざと明るい話題を振《ふ》り撒《ま》いてくれたりと、一緒にいるととてもリラックスできた。

そしてベッドでは情熱的で、丁寧な触れ方は愛されている実感を強く与えてくれた。そんな柏木に葵は愛情を抱き、今やなくてはならない存在になっている。

(恋人同士になってまだ数日なのに、こんなに好きになってる。……今まで自分は恋愛ができないと思っていたから、何だか不思議な感じ)

狭い集落の中で暮らし、仕事と和之の世話で手一杯だった葵は、恋愛をする余裕がなかった。だが思いがけず柏木と出会い、気がつけば恋に落ちていたのだから、人生はわからないものだ。

この先も彼と、一緒にいたい。そのためには、和之の問題としっかり向き合うことが必要だと葵は考えた。

(夕方に御堂家に行って、伯父さん伯母さんと話をしよう。まずは現状をしっかり説明しなきゃ)

そう決意をした葵は、バスルームを出る。そして髪を乾かし、身支度を整えてリビングに行くと柏木が朝食を作っていて、葵は彼に声をかけた。

「シャワー、ありがとうございました。手伝います」

「じゃあ、サラダの盛りつけをお願いしようかな」

こうして彼の家で過ごすようになって五日が経つが、それも今日で終わりだ。

ゴールデンウィークが終わった明日からは通常どおりとなり、仕事に集中しなければならない。それに名残惜しさを感じた葵は、柏木に向かって言った。

「あの、今日は工房に行くのをやめて、一日休みにしようと思うんです」

「ん?」

「連休の最終日なので、一日くらいちゃんとお休みにしようと思って。だから、その……デートしませんか?」

思いきって誘うと、彼は「デート？」とつぶやき、眉を上げる。葵は頷いて答えた。

「この近郊じゃなく、風岡市まで行くのはどうかと思って。車で二時間もかからない距離ですし」

「俺はうれしいけど、本当に休んで大丈夫なのか？」

「はい。毎日少しずつスケジュールを前倒しで進めていたので」

それを聞いた柏木が、笑顔になって言った。

「いいな。じゃあ朝ご飯を食べたら、早速出掛けよう」

下ノ町から政令指定都市である風岡市までは、車で二時間弱の距離だ。

山道は日の光を浴びた緑が鮮やかで、とても景色がいい。抜けるような青空には雲ひとつなく、初夏の爽やかな空気に満ちていた。

運転する柏木は白いボタンダウンシャツに黒のテーラードジャケットを合わせていて、一見シンプルな服装であるものの、袖口から覗く腕時計はかなり値の張るものだ。

それを見た葵は、自分とのクラス感の違いを如実に感じる。

（ネットで検索したら名前が出てくるし、高級フレンチのシェフだったんだから、匡さんはこういう時計をさらっと着けられる人なんだな。それに比べて……わたしは）

心がシクリと疼き、葵は思わず胸元を押さえる。

するとと柏木がハンドルを握りながら、こちらをチラリと見て言った。

「どうした?」

「い、いえ、何でもないです。あの、わたしは中学三年生まで風岡市に住んでいて、今も器の納品などでときどき訪れているので土地勘があるんです。向こうに着いたら、どこか行きたいところとかありますか?」

「百貨店に、夏物の靴を買いに行きたいかな。ちなみにランチは、前から行きたいと思っていたシェフの店をさっき予約しておいた。葵は?」

「わたしは以前個展をさせてもらったギャラリーにお邪魔したいです」

行き先をあれこれ話し合い、途中の峠で一旦休憩して、山の上からの景色を楽しむ。

彼が運転する車が風岡市に入ったのは、午前十時頃だった。パーキングに車を停め、まず向かった先は、百貨店だ。

柏木はブランドショップにまったく気負いなく入っていき、シャツや靴などを吟味する。彼に「これとこれ、どっちがいいと思う?」と聞かれた葵は、悩みつつ答えた。

「匡さんはどっちも似合うと思うんですけど、強いていえばこっちかなと」

「じゃあ、これにしよう」

靴を一足購入した彼は、葵を見てニッコリする。

「さて、次は葵のものだ。まずは服から見ようか」

「えっ？」

「いろいろプレゼントしたいと思ってたのに、下ノ町には何もなかったからな。今日はデートに誘ってくれて、助かった」

そう言って柏木は有名アパレルブランドの店に入り、ブラウスやスカート、ワンピースなどを葵に次々と試着させる。

どれも目玉が飛び出るような金額だが、柏木はまったく躊躇わず購入してしまった。

葵は慌てて彼に告げる。

「匡さん、こんなにプレゼントされても、わたしは何もお返しできません」

「別にお返しなんて望んでないよ。俺が葵に買ってあげたいだけだから、受け取ってほしい」

彼は店員に「そのまま着ていきたいので、元々着ていた服を包んでもらえますか」と告げ、それを聞いた女性店員が快く了承する。

靴やバッグもコーディネートして店の外に出ると、柏木がしげしげとこちらを見つめ、満足したように言った。

「うん、やっぱり似合ってる。葵はいつもTシャツとデニムだけど、こういう恰好も絶対似合うと思ってた」

フラワープリントのワンピースはシルクジョーゼットで、ストンとした落ち感と膝下丈がとても優雅だ。柔らかい革製のバッグはペールピンクの柔らかな色味がワンピースによく合い、フェミニンなデザインのミュールがそれを引き立てている。

ショーウィンドウに映った自分の姿を見つめ、葵は気後れしながらつぶやいた。

「何だかわたしじゃないみたいです。こんな高い服を着たことがないので、ちょっと緊張しちゃいます」

「すごくエレガントだから、自信を持っていい。ランチの予約まで少し時間があるから、他の店も見よう」

それから雑貨屋などを回り、ショッピングを楽しんだあと、正午近くにフレンチレストランに向かう。

店内は洗練された雰囲気で、カップルや女性客が多くいた。ランチコースは地元産のトマトのムースに魚介のジュレを添えたものや鹿肉のローストなど、郷土色が豊かだ。

メニューを熟読した柏木は、〝エクルヴィス〟と呼ばれる食用ザリガニのグラタンも追加する。食器は個性的なものが使われており、葵は感心してつぶやいた。

「フレンチのお店で使われるお皿って、料理の個性を邪魔しないデザインがいいのかと思っていましたけど、こうしてビビッドな色を使うのも新鮮ですね」

「そうだな。これはこれで、視覚的な楽しさがある」

エクルヴィスのグラタンは、ザリガニの他にズッキーニとじゃがいもが入っていて、コクのあるアメリケーヌソースを掛けてこんがりと焼かれている。一口食べた彼は、感嘆の表情で言った。

「美味《うま》いな、これ。ワインが欲しくなる」

他にタラのポワレやメインの鹿肉のローストに舌鼓を打ち、デセールとコーヒーに満足してランチを終えた。

その後は葵の知り合いのギャラリーに向かい、現代アートの展示を鑑賞して帰路についた。

「匡さん、すみません。今日はわたしから誘ったのに、全部お金を出していただいて」

「気にしなくていいよ。俺は楽しかったから」

結局すべてのお金を出されてしまい、葵は恐縮してしまう。柏木の想像以上の財力を目の当たりにして、すっかり気後れしていた。

（匡さんはブランドショップに出入りするのに慣れていて、フランス料理のお店でも臆せず堂々としてる。……わたしみたいな田舎者は、この人と釣り合わないのかもしれない）

そもそも彼ほど知名度がある人間が、下ノ町のようなところで店をやろうというのがおかしいのだ。しかし柏木があの町を気に入って移住してこなければ、自分たちは出会うことができなかったのだと考えると、葵は複雑になる。

帰宅したのは、午後四時頃だった。彼の自宅の敷地内に入ったところで、葵が「これから御堂家に行ってくる」告げたところ、柏木が心配そうな顔をして言う。

「俺も一緒に行こうか？」

「大丈夫です。第三者を交える前に、わたしが直接伯父夫妻と話すべきですから」

この時間だと伯父はまだ帰宅していないかもしれないが、伯母は確実に在宅している。すると彼は腕を伸ばし、助手席に座る葵の頭を引き寄せる。そして額を合わせ、安心させるように言った。

「昨日も言ったが、俺は全面的に君の味方だ。もし伯父さんたちの反発が強いようなら、話を切り上げてすぐに帰ってくるといい」

「はい」

「夕食を作って、君の帰りを待ってるよ」

午後四時過ぎ、日はだいぶ西に傾き、オレンジ色の西日が辺りに降り注いでいた。

乗り替えた自分の車を運転しながら、葵は重苦しいほどのプレッシャーを感じていた。これから御堂家で伯父夫妻に和之の自分に対する依存度を説明し、彼と距離を取りたい旨を伝えるつもりだが、はたして上手くいくだろうか。

(伯母さんは昔から和之に甘いし、自分が面倒なことをわたしに押しつけてたわけだから、強く反発してきそう。せめて伯父さんが、話が通じる人だったらいいんだけど)

伯父はいつも不在がちで、葵があの屋敷に住んでいた頃から頻繁に会話していたわけではなく、どんな反応をするかは未知数だ。

だが彼は和之の父親なのだから、息子に関わる話は決して他人事ではない。そう考え、ぐっと眦《まなじり》を強くした葵は、やがて御堂家の敷地に車を乗り入れる。

そして車を降り、離れではなく母屋のインターホンを鳴らすと、お手伝いの吉田が出てきた。

「あら、どうしたんですか、葵さん」

「伯父さんと伯母さんに、話があって。二人はいますか？」

「旦那さんはゴルフにお出掛けで、奥さんはおりません。旅行に行かれましたから」

「えっ」

驚いて問い返すと、彼女があっさり答えた。

「今日から高校時代のお友達二人と、九州に行ってます。三泊四日で、大阪にも寄るって言ってましたよ」

思いがけない話を聞いた葵は、言葉を失う。

伯母が旅行に出掛けるのは、まったくの誤算だった。伯父も外出していていないのなら、完全に空振りということになってしまう。

(三泊四日なんて、どうしよう。伯母さんが帰ってくるまで待つべき？　それとも、伯父さんとだけでも話をしたほうがいいのかな)

そんなふうにグルグルと悩んでいると、ふいに背後から声が響く。

「――葵、今日は来るのが早いんだね。メッセージの返事がないから心配したよ」

ドキリとして振り返ると、離れの玄関口に車椅子に乗った和之がいた。

彼に会うつもりがなかった葵は、内心ひどく動揺する。

（どうしよう。伯父さんと伯母さんはいないし、和之には会っちゃうし、全部が想定外になっちゃった）

「和之、わたし――……」

葵が口を開きかけた瞬間、ふいに母屋の奥で電話の音がし、吉田がそちらを見やりながら言った。

「すみません、ちょっと電話に出てきますね」

彼女が奥に姿を消してしまい、和之が車椅子を操作してスロープを降りてくる。そして母屋の前までやって来て、微笑みながら葵を見た。

「昨日はいきなり柏木さんを連れてくるから、びっくりしたよ。そうかと思ったら急に帰っちゃうし、今日は何で離れじゃなく母屋に来てるの？」

「それは……」

この展開はイレギュラーだが、彼に会ってしまったのだから仕方がない。そう腹を括《くく》った葵は、和之を見つめて口を開いた。

「――このあいだから何度か話をしているけど、わたしはここに来る頻度を減らしたいと思ってる。一番の理由は、仕事が忙しくなってきたから」

「……………」

「三年前、事故直後の和之はまだ車椅子に慣れていなかったし、精神的なショックもあるのはわかってた。だからわたしにできるかぎりのことをしようって考えて、離れに通っていたの。でも……忙しくなってきた今は、正直時間のやり繰りが難しくなってる。特に負担になってるのは、デッサンモデル」

仕事で疲れているにもかかわらず、三十分、長ければ一時間動かずにいるのは、負担が大きい。

和之に頼まれる買い物や日常的な雑務も、努力すれば彼自身でできることだ。そう説明し、葵は彼の目を見てはっきり告げた。

「たまに頼まれる用事はともかく、もうデッサンモデルはしたくない。この家に来る頻度を減らして、自分の生活を大事にしたいと思ってる。その相談をするために、今日は伯父さんと伯母さんに話をしにきたの」

話しながら、葵の心臓はドクドクと速い鼓動を刻んでいた。

こうして和之本人に自分の意思を告げるのには、本当は躊躇いがあった。なぜなら前回この話をしたとき、彼は葵を引き留めるために自らの身体を傷つけたからだ。

もし和之が逆上して、より過激な手段に出たら――そう考えると、怖くなる。だが葵は、これ以上彼に自分の生活を侵害されたくなかった。

すると黙ってこちらの話を聞いていた和之が、ふっと笑う。

「柏木さんに、入れ知恵をされたのか？　もう僕の面倒は見るなって」

「違う。わたしが自分で考えて、それで――……」

「高校一年生のとき、行き場のない葵を受け入れてやったのは、僕の両親だ。君の母親ときたら夫が病死するなり海外勤務を希望して、しかも娘の都合などまるで考えちゃいない。自分の欲求が優先で、そのために葵が苦労しても何とも思ってないんだよ。言うなれば娘を捨てたわけで、実の母親からお荷物扱いをされた君を、本家である御堂家《うち》が引き取ってやったということになる。その息子である僕を蔑《ないがし》ろにするのは、道理に外れてるだろう」

かつて御堂家に引き取られた経緯、そしてこの家での自分の立ち位置をはっきりと言葉にされ、葵はぐっと唇を引き結ぶ。彼が言葉を続けた。

「これまで従順だった葵がそんなことを言い出したのは、あの男に会ったからだろ。ちょっと前まで神戸で有名な店のシェフだったっていうから、華麗な経歴に目が眩んだ？　何しろ僕に『仕事の打ち合わせがある』って嘘をついて、彼の自宅に泊まるくらいだもんな。出会って一ヵ月で身体を許すなんて、尻軽にも程がある」

「どうしてそれを……」

確かに葵は、「風岡市で仕事の打ち合わせがあるから、ここには来られない」と嘘をつき、柏木の家に泊まった。だがなぜ和之が、それを知っているのだろう。そんな疑問を抱く葵に、彼が言葉を続ける。

「その日だけじゃない。この連休中は午前中に少し工房に行くくらいで、あとはずっとあの男の自宅に入り浸りだっただろう。すっかり男にうつつを抜かしているくせに、ここに来られない理由を〝仕事〟にするだなんて、笑えるよ」

手のひらにじっとりと嫌な汗がにじむのを感じながら、葵は目まぐるしく考える。和之がここまで詳細にこちらの動向を知っているのは、絶対に当てずっぽうではない。おそらく監視できる何かを仕掛けているのだ。

するとそんな考えを読んだように、彼が笑って言った。

「何で僕が知ってるのか、不思議に思ってる？　答えは、スマホのアプリだよ。葵が席を外したときにちょっといじって、僕のスマホとファミリー登録させておいたんだ。そうすると位置情報が共有できて、アプリを開けばいつでも君がどこにいるかを調べられる」

和之が秘密裏にこちらの動向を監視していたのだとわかり、葵はゾワリと怖気《おぞけ》が立つのを感じる。彼は鼻で笑ってこちらを見た。

「もちろんそれだけじゃなくて、親切にいろいろ教えてくれる人たちもいる。前も言ったとおり、よそからやって来た柏木は、集落の人たちに注目されているからね。葵との関係は、もうとっくに噂になってるんじゃないかな」

揶揄《やゆ》するような口調にかあっと頭に血が上るのを感じながら、葵は和之に向かって強い口調で言った。

「いい加減にして。どうしてそこまで、わたしに執着するの？　こっそりアプリで行動を監視するなんて、おかしいでしょ」

「考えてみると、僕は葵のことがかなり好きみたいだ。毎日だって会いたいし、何なら一緒に暮らしたい。君が離れると思ったら、自分の身体を傷つけてでも引き留めたいくらいに」

まるで他人事のように軽い口調であるものの、その瞳には押し殺した熱があり、葵は絶句する。

確かに彼の一連の行動は、自分に対する執着を如実に感じさせていた。だがこちらにはそんなつもりはまったくなく、むしろ距離を取りたいと考えている。

葵は和之を見つめ、小さく言った。

「わたしは、和之の気持ちに……応えられない。柏木さんのことが好きだから」

「葵はあいつの見た目と有名シェフの肩書に、目が眩んでいるだけだよ。あの顔なんだから、今まで何人もの女を手玉に取ってる。きっと田舎に来て、今までつきあったことがないタイプの葵に食指が動いたんじゃないかな」

そう言って彼は、ニッコリ笑う。

「僕は寛容な人間だから、君が柏木に浮気したのは許すつもりでいる。今まで気持ちを言葉にしてこなかったから、きっと不安だったんだよね？　大丈夫、どんな葵でも僕は好きだよ」

「違う。和之を、恋愛対象として見たことはない。わたしは……っ」

「それに、あの男に言ってもいいのかな。僕と君が二人きりで何をしてるのかを」

それを聞いた葵は、顔をこわばらせて口をつぐむ。

和之が言うとおり、葵は柏木に秘密にしていることがあった。どうしても知られたくなくて、だからこそ最初は彼とつきあうのに及び腰だった。自分は柏木に、ふさわしくないから——。

（わたし……）

押し黙る葵を、彼が満足げに見つめる。そして鷹揚《おうよう》な口調で告げた。

「ばらされたくなかったら、さっさとあの男との繋がりを切ってよ。——わかった？」

第八章

窓から差し込む西日が、シルバーを基調としたキッチンを茜色《あかねいろ》に照らしている。

そこに立って作業しながら、柏木は先ほど御堂家に向かった葵について考えていた。

（「一人で行く」って言うから送り出したけど、心配だな。葵の伯父夫婦は、話が通じる人たちなんだろうか）

彼らはこれまで葵に和之の世話を当然のように任せてきた者たちなのだから、油断できない。だが部外者である自分が話し合いの場についていくわけにはいかず、柏木は手をこまねいていた。

（スケッチブックに描かれた絵の執拗さから考えると、和之さんが葵をこのまま諦めるとは思えない。彼の両親が事態を深刻に受け止めてくれたらいいけど、どうなるだろう）

小さく息をつき、冷蔵庫を開けようとしたところで、開け放した窓から車のエンジン音が聞こえる。

もしかして葵が帰ってきたのかと考えた柏木は、窓に歩み寄って外を確認した。そして見知らぬ車が敷地内に停車したのを見て、内心首を傾げる。

（……誰だろう）

エンジンを切った車内から降りてきたのは、二十代後半の青年だった。薄手の黒のフーディーにチノパンというラフな恰好の彼は、この建物を興味深そうに眺めている。その顔を見た柏木は、目を瞠ってつぶやいた。

「……高本《たかもと》？」

すると視線を感じた様子の青年が、顔を上げた。そして柏木と目が合うとパッと目を輝かせ、笑顔で言う。

「柏木さん、お久しぶりです」

「お前、どうしてこんなところに」

階段を下り、玄関のドアを開けると、そこには満面の笑みの高本が立っていた。柏木は彼に向かって問いかける。

「お前、店はどうしたんだ」

「店は通常営業ですけど、ゴールデンウィーク中は臨時のアルバイトを増やして、スタッフたちは順番に連休を取っています。俺は昨日から休みで、実家に帰省しがてらここに来たんです」

彼――高本順平《じゅんぺい》は、柏木が二ヵ月前まで勤めていたBrindilleのホールスタッフだ。入社三年目で、ソムリエを目指しており、快活な性格で職場のムードメーカーだといえる。柏木は彼の顔を見つめてつぶやいた。

「そういえば、お前の地元は北国《こっち》だって言ってたっけ」

「ここから車で、一時間半くらいのところです。帰省はいわばおまけで、本当は柏木さんのお店がどんなふうなのかを見たくて、わざわざ空港でレンタカーを借りてきました」

高本は一階の店舗部分を見回し、興味深そうにつぶやく。

「外観のノスタルジックさもそうですけど、中もフランスのレストランみたいで素敵ですね。建具や窓枠、梁をそのまま使っているからか、古いのに洗練された雰囲気があって」

「ありがとう。店のほうはどうだ？」

「柏木さんがいたときと比べて、客足は若干鈍ったかなという感じがします。シェフに昇格した井辻さんも頑張ってますけど、やっぱり以前から馴染みのお客さんには、Brindilleは柏木さんの店だっていうイメージがあるようで」

確かに店のオープンから七年に亘ってシェフをしていたのだから、自分のイメージがついても仕方がないのかもしれない。柏木はそう考えつつ、微笑んで言った。

「井辻は俺の味を完全に再現できるし、彼自身の閃《ひらめ》きやセンスも抜群だ。自分のカラーを少しずつ出していけば、新たなファンを作っていくことができると思うよ」

厨房でコーヒーを淹れ、高本に提供した柏木は、それからしばらく彼と雑談に花を咲かせる。

そして家の中を案内し、店舗の細部や二階の居住スペースをどんなふうにリフォームしたのかを順番に説明すると、高本がキッチンの作りかけの料理を見て言った。

「メニューの試作ですか？」

「いや。実はこっちに来てから、彼女ができたんだ。今は所用で出掛けてて、彼女のために夕食を作ろうとしてた」

するとそれを聞いた高本が、何ともいえない表情になる。

階段を下りて再び店舗スペースに戻ってきた彼は、窓の外に広がる集落の様子を眺めながら言った。

「実は柏木さんが下ノ町で店をやるって聞いたとき、『どうして』って思いました。俺は実家が近くだからここがどんなところかを知ってましたけど、はっきり言って何もない辺鄙《へんぴ》な田舎じゃないですか。こんなところで柏木さんが店をやるなんて、勿体ないですよ」

「…………」

「この建物自体はリフォームして素敵に仕上がってますけど、オープンしたあとに大勢のお客さんが来るとは思えません。もっと大きな都市でやるべきじゃないですか？　せめて風岡市とか」

「それは――……」

柏木が答えようとした瞬間、店舗の入り口が開く。視線を向けると、そこには葵が立っていた。

「葵、おかえり」

「ただいま戻りました。あの……お客さまですか？」

遠慮がちに問いかけてくる彼女に、柏木は高本を紹介した。

「彼は高本といって、俺が以前働いていた店のスタッフなんだ。元々北国《こっち》の出身で、今回は実家に帰省がてら遊びに来てくれた」

すると葵は「そうなんですか」とつぶやき、自己紹介する。

「小谷と申します。柏木さんにはお仕事のご依頼をいただき、お世話になっております」

彼は「高本です」と応えたあと、柏木のほうを見て言う。

「仕事の依頼って、店に関することですか？」

「彼女は陶芸家なんだ。この近くの工房で器を作ってて、この店で使う食器の制作依頼をしてる」

それを聞いた高本が驚いた顔になり、「陶芸家……」とつぶやく。葵が柏木に遠慮がちに言った。

「実はさっき委託販売をしているお店から電話があって、在庫の確認をして折り返し連絡を入れなきゃいけないんです。なのでわたし、一旦自宅に戻りますね」

「ああ」

「では、失礼します」

彼女が高本に頭を下げ、外に出ていく。それを見送った柏木は、「もしかして、気を使ってくれたのかな」と考えた。

（俺が知人と気兼ねなく話せるよう、わざわざ席を外してくれたのかもしれない。別にここにいてくれていいのに）

そんなことを考えていると、高本がドアを見つめながら「あの」と口を開いた。

「今の人が、柏木さんの彼女ですか？　こっちに来てからつきあい始めたっていう」

「ああ」

「田舎の人にしてはきれいですけど、柏木さんはもっと華やかな人とつきあうんだと思ってました。だって前は――……」

「前は前だし、彼女は素晴らしい陶芸家で、俺自身が惚れ込んで交際を申し込んだんだ。こちらの事情を何も知らずにそういうことを言うのは、俺のプライベートに踏み込みすぎだよ」

はっきりと釘を刺すと、彼はばつが悪そうな顔になり、モソモソと「すみません」と謝ってくる。だがすぐに顔を上げ、どこか頑なな表情で言った。

「彼女さんについてあれこれ言ったのは謝りますけど、その前の発言は撤回しません。俺は柏木さんが店を開くならこんな田舎ではなく、最低でも風岡市くらいの都市でやるべきだと思ってます」

「………」

「そしてそのときには、ぜひスタッフとして声をかけていただけるとうれしいです。また連絡します。お邪魔しました」

＊　＊　＊

日中閉めきっていた工房は熱気がムッとこもっていて、中に入った葵は窓を開ける。

途端に夕方の爽やかな風が入ってきて、室内の空気が入れ替わっていくのがわかった。パソコンを開き、在庫のリストを呼び出しながら、葵は先ほど柏木の家で会った高本という青年のことを思い返す。

(こっちに実家があるって言ってたけど、わざわざ匡さんに会いに来るなんて、きっとすごく仲がよかったんだろうな。……でも、このタイミングで来てくれたのは正直助かったかも)

柏木の自宅に行ったものの、正直彼と会うことが気が重かった葵は、高本が来ていたのを幸いと帰ってきてしまった。それは御堂家での和之との会話が原因で、それを思い出し、かすかに顔を歪める。

(わたしのスマホを勝手にいじって、GPSで監視してたなんて。……気持ち悪い)

御堂家を出てすぐ、葵はスマートフォンの位置情報をオフにした。

今後は和之に動向を監視される心配はないものの、不快さは依然として消えない。

彼はこちらへの恋愛感情を仄めかし、今後も葵が自分の傍にいるのは当然だと発言してきて、強い反発心が募った。

（でも……）

和之は「もし自分から離れるというのなら、君が明かされたくないと思っていることを柏木に話す」と告げ、それが葵の心に暗い影を落としていた。

和之の要求は、〝葵が柏木と別れて、この先も自分の傍にいること〟だ。だが葵は彼に対して恋愛感情がなく、それどころか嫌悪感を抱いていて、断じて受け入れたくない。

しかし拒めば和之は確実に〝秘密〟を開かすのは間違いなく、暗澹《あんたん》たる気持ちにかられる。

（でも、匡さんには言えない。……どうしたらいいんだろう）

この連休中にずっと一緒に過ごし、何度も抱き合って、柏木への想いは深くなっていた。できればこの先も、彼と一緒にいたい。だが葵の生活基盤はこの下ノ町で、ここにいるかぎり和之との縁を切るのは難しい。

ため息をついた瞬間、外で車のエンジン音がし、やがて止まる。しばらくして姿を現したのは、先ほど柏木の家で会った高本だった。

しかも柏木が同行しているわけではなく、彼は一人だ。高本は遠慮がちに工房の中を覗き込み、葵の姿を目に留めて言う。

「あ、いきなり来てすみません。先ほど柏木さんの家でお会いした、高本です」

「はい」

「少しお時間よろしいですか」

葵が戸惑いながら「どうぞ」と言うと、彼は中に足を踏み入れてくる。

そして電動ろくろや焼成前の器が並ぶ木の板、窯などを興味深そうに眺め、感心したようにつぶやいた。

「すごいな、本当に陶芸家なんですね。もう長くやられているんですか？」

「三年になります。ここは元々祖父の工房で、わたしが後を継いだんです」

「そうなんですか」

突然来訪した高本の意図がわからず、葵は困惑していた。

柏木から「高本がそっちに行くから」という連絡もないため、もしかしたら独断で来たのかもしれない。そう考えていると、彼が説明する。

「急に来たので、きっと驚かれていますよね。俺があなたに会いに来たことは、柏木さんは知りません。陶芸家をしていて、工房がどうのと言っているのを聞いたので、スマホで検索して地図を見ながら来ました」

「どうして……」

「あなたと話がしたかったからです。柏木さんと、つきあってるんですよね？」

無遠慮に問いかけられ、葵は気圧《けお》されるように「はい」と答える。すると高本が、言葉を続けた。

「さっき会ったばかりの立場でこんなことを言うのは、失礼だと承知の上で申し上げますが。——柏木さんを縛るのはやめてくれませんか？」

「えっ……」

切り込むように言葉をぶつけられ、葵は思わず絶句する。それを見つめ、彼はわずかに語気を強めて言った。

「彼はこんな田舎で燻《くすぶ》っていていい人間じゃないんです。神戸にいたときの柏木さんがどれだけ評価されていたか、あなたは知っていますか？　財界人や芸能人、海外から来たセレブまで、誰もがこぞって彼の料理を絶賛していた。彼のアーティスティックな色彩感覚と既存の形に捉《とら》われない自由な発想、卓越した技術があったからこそ、Brindilleは一流店として有名になったんです」

「…………」

「国内のみならず、海外のコーディネーターからも向こうで出店するオファーを受けていたのを、俺は知っています。再就職先は引く手あまただったはずなのに、柏木さんが選んだのはこんな田舎の下ノ町で、正直耳を疑いました」

高本の勢いに気圧されながら、葵は「あの」と口を開く。

「わたしは柏木さんを、縛っているつもりはありません。彼は前の職場を辞めると決めたときから日本全国を回り、この町の長閑さを気に入って移住してきたのだと言っていました」

「でも、柏木さんはあなたとつきあってるんですよね？　恋人であるあなたは陶芸家で、ここに工房を構えてる。そして彼によそに行ってほしくないと考えている。違いますか」

「それは……」

次々と畳みかけてくる彼の目には、情熱がにじんでいる。

その表情からは濁りのない真っすぐな尊敬の念が如実に伝わってきて、葵は言葉を失った。高本が毅然《きぜん》として言った。

「柏木さんはもっと大きな都市で、たくさんの称賛を受けるべき人間です。俺はあの人の腕を高く買ってますし、もし大都市で店を開くなら、今の職場を辞めてその手伝いをしたいと思っています。今日はそれを言うために、ここまで来たんです」

「……」

「それに柏木さんは、こっちに来る直前までつきあっていた女性がいました。竹内さんという実業家で、ものすごい美女ですよ」

そう言って彼は自身のスマートフォンを取り出し、ディスプレイをタップして写真を表示させる。そして葵にそれを見せて言った。

「柏木さんの隣にいるのが、竹内優香さんです。フランスにいた彼をスカウトしたオーナーで、宝飾店やアパレルブランドなども手掛けるやり手の実業家でもあります」

「――……」

前の職場で撮ったとおぼしき写真には、高本と柏木の他に七、八人のメンバーが笑顔で写っている。柏木の横には三十代半ばの女性がいて、まるで女優のような美貌の持ち主だった。

（この人が……匡さんの、前の恋人？）

見るからにセレブな雰囲気の女性を見た葵は、ショックを受けていた。

自分とはまるで違うタイプのこの女性と、柏木は下ノ町に来る直前までつきあっていたのだという。こういう華やかな女性と交際していた彼が、地味でいつも粘土まみれの自分にアプローチしてきた理由は、一体何なのだろう。

そんなことを考える葵に対し、高本が駄目押しのように言った。

「竹内さんは、今も柏木さんに未練があるようですよ。まあ、何年もつきあっていたので、それも納得ですけどね。参考までにお伝えしておきます」

言外に竹内のほうが柏木とつきあうのにふさわしいと告げた彼は、スマートフォンをしまいながら言葉を続ける。

「あなたが柏木さんのことを思うなら、どうか彼にとってふさわしいステージに送り出してあげてください。――お邪魔しました」


気がつけば日がすっかり暮れていて、工房内は薄暗くなっていた。

高本が去っていったあと、ぼんやりと椅子に座っていた葵は、スマートフォンの着信音で我に返る。手に取って確認するとメッセージがきており、送信者は柏木だった。内容は「何時にこっちに来る？」というもので、葵はしばらく悩んだ挙げ句に彼に電話をかけた。

『もしもし、葵？　どうした？』

ちょうどスマートフォンが手元にあったのか、すぐに電話に出た柏木に対し、葵は告げる。

「すみません、工房で取引先とやり取りしているうちに、ひどい頭痛がしてきて。今日はこのまま自宅に戻ろうと思います」

『大丈夫か？　何か食べるものを持って、そっちに行くよ』

心配そうな声を出した彼がそう申し出てきて、葵はすぐに答える。

「いえ。連休中に普段と違う生活をしていたせいで、疲れてしまったんだと思います。そちらに置きっ放しのわたしの荷物は、明日以降に取りに行きますから」

すると柏木が「葵」と呼びかけ、重ねて言った。

『具合が悪い君を、俺は一人にしたくない。葵が寝つくまで、傍にいちゃいけないかな。君が眠ったらすぐに帰るから』

その口調には気遣いが溢れていて、葵の胸がぎゅっと強く締めつけられる。

出会ったときから、彼は一貫して優しい。だからこそ自分は柏木を好きになり、この数日は甘やかされるがままにその腕に溺れていた。

（でも……）

これ以上、彼に頼るわけにはいかない。そう心に決めた葵は、電話の向こうの柏木に向かって告げる。

「すみません、やっぱり一人で休みたいので。——失礼します」

一方的に通話を切った葵は、深くため息をついた。

先ほど高本の話を聞いて、彼が純粋に柏木の人柄を慕っていること、シェフとして深く尊敬し、その実力が正当に評価される場所で腕を振るってほしいと考えていることが伝わってきて、何も言い返すことができなかった。

極めつきが、あの写真だ。Brindilleのオーナーだという竹内優香は、柏木をスカウトした張本人であり、長く恋人でもあったという。

店を何店舗も経営する実業家で、女優のように美しい彼女と自分は、雲泥の差だと葵は感じた。高本の言うように柏木はこんな田舎町にいるべきではなく、もっと大きな都市で勝負するべきだ。しかも竹内が彼に未練を持っているのなら、葵に出る幕はない。

(……仕方ない。匡さんは、わたしには勿体ない人だったんだもの)

初めて見たときから柏木は田舎であるこの町にそぐわず、まるで掃き溜めに鶴のような洗練された雰囲気の持ち主だと感じた。

自分が作った器を評価してくれ、食器の制作依頼を受けたときは、うれしかった。柏木の料理を初めて食べて、その盛りつけの素晴らしさと味に驚き、それまで触れたことがなかったフランス料理にカルチャーショックを受けた。

シェフとしての才能だけではなく、彼はとても容姿端麗だ。整った顔立ちとスラリと高い身長はもちろん、物腰や口調が穏やかで、折に触れてこちらを楽しませてくれる茶目っ気もある。

　年上らしい落ち着きや笑顔に胸がときめき、柏木と過ごしたこの数日はまるで夢のようだった。だが高本と話して、葵は彼が違う世界の人間だということを如実に感じさせられてしまった。それに加えて、自分には和之の問題もある。

（このまま匡さんとつきあい続けたら、和之が何をするかわからない。だから、わたしは――）

　柏木と、距離を取る。

　そして徐々にフェードアウトし、諦めきれない想いを納得させて恋人関係を解消しようと、葵は心に決めた。

（これでいい。少しずつ会う時間を減らしていけば、きっと匡さんもわたしへの興味を失う。そうしたら和之だって、余計なことはしないはずだもの）

　決意した途端、心がズキリと痛んだ。

　先ほどのこちらを気遣う声を思い出すだけで、慕わしさがこみ上げる。いっそすべての事情を柏木に話して、縋《すが》りつきたい。だがそれは彼を縛りつけてしまうことに他ならず、葵の心がブレーキをかける。

(何であの人の告白を、受け入れちゃったんだろう。あのとき応じなければ、こんな気持ちにならずに済んだのに……)

気がつけば、涙がひとしずく頬を伝っていた。

一度溢れたそれはなかなか止まらず、次々と零《こぼ》れ出てきて、葵はそっと手で拭う。

そしてため息をつき、窓の外を眺めた。

こうして工房に一人でいると、連休中に柏木と過ごしたことがまるで夢のように思えてくる。だが本来の日常は、この工房で土を捏ねて器を作り、和之の面倒を見ることで埋め尽くされていた。

そんな日々に、戻るだけだ。これまでずっとそうやって過ごしてきたのだから、これからも難なく続けられる。

外はすっかり日が暮れ、薄闇が帳《とばり》のように降りてきていた。ときおり風が木々を揺らす音を聞きながら、葵はしばらくそのまま窓の外を眺め続けていた。

＊　＊　＊

連休が終わり、今日から平日だという金曜、柏木は朝からコンサルティング会社の人間とビデオ通話で打ち合わせをしていた。

フレンチレストランを開業するに当たり、柏木は事業計画の策定や資金調達、内外装設計のアドバイスやブランディングなどを風岡市のコンサルタントに依頼している。

メニュー開発や仕入れ先の選別交渉は自分でやっているが、今日はその進捗報告とすり合わせだ。四十代の男性コンサルタントが、画面越しに言う。

『生鮮食品の仕入れに関して、市場から購入する他、契約農家と精肉業者から直接購入するのはコスト的にもいいと思います。調味料は料理のジャンル的に輸入品が多いので、大手の食品問屋を利用しましょう。ワインは地元の酒屋経由、不足分は別途取り寄せで何とかするとして、チーズはどうしますか』

「風岡市に当たりをつけている店があって、交渉してみようと思っています」

『なるほど。メニュー開発は、どの程度進んでいますか？』

柏木がメニューのリストをメールで送り、一日に一、二品スペシャリテを出すつもりだと言うと、それを眺めたコンサルタントが興味深そうに言った。

『実際に、柏木さんの料理を食べさせていただいてもよろしいですか？　そのほうが利益率なども含めて、具体的なアドバイスができると思うので』

「ええ。ぜひいらしてください」

彼が来訪する日程を決め、少し雑談をして打ち合わせを終える。パソコンを閉じた柏木は、小さく息をついて考えた。

(開業までの準備は、今のところ順調だけど。……葵は大丈夫かな)

昨日、高本が来ているときに「商品の在庫の問い合わせがあったため、工房に行く」と言っていた葵は、そのまま柏木の家には戻ってこなかった。

頭痛がひどいこと、そして連休中の疲れを理由に挙げた彼女は、柏木が自宅に行くのを拒否した。今日の朝、具合を聞くメッセージを送ると「大丈夫です」とだけ返信がきて、柏木は何となく引っかかりをおぼえている。

(葵の態度がよそよそしい気がするのは、気のせいか? 連休中は、あんなに親密だったのに)

だが彼女の言葉どおり、疲れているだけかもしれない。

そう考えつつ、柏木は午後になって自宅に置きっ放しになっていた葵の荷物を届けに工房を訪れた。すると彼女は器の削りの作業をしていて、柏木に向かって言った。

「わざわざ届けてくださって、ありがとうございます」

「いや。それより体調はどうかな。よかったら仕事のあと、夕食を食べにうちに来ないか？」

「すみません。急に仕事が立て込んでしまって、しばらくは匡さんのおうちに行けないと思います」

思いがけない言葉に柏木は眉を上げ、「……そうか」とつぶやく。

「そういえば、御堂家との話し合いはどうなったんだ？　伯父さん夫婦と、話はできたのか」

柏木の問いかけに、葵は「いえ」と答えた。

「伯父はゴルフで不在で、伯母は九州に旅行に出掛けてしまっていたので……結局何も話せなかったんです」

「それは残念だな」

彼女の邪魔にならないよう、柏木は二、三言葉を交わしたあと、工房を出た。

葵は一人で工房を切り盛りしているため、仕事が立て込むと確かに大変だろう。そう考え、それから数日は無理に自宅には誘わず、差し入れを届けるだけに留めた。

しかし彼女は礼を言うもののあまりこちらを見ようとせず、会話も必要最低限しかない。朝晩のメッセージへの返事も素っ気なく、そんな状況に次第に戸惑いをおぼえた柏木は、三日目に葵の身体を引き寄せて問いかけた。

「俺は葵に、何かしたか？　もし気に障ることをしたのなら、言ってほしい」

するど彼女はこちらの胸を押して距離を取りつつ、抑えた声音で答えた。

「何もありません。それに、工房でこういうことをするのは困ります。いつ誰が来るかわかりませんから」

「……葵」

「それと差し入れも、毎日いただくのは心苦しいので遠慮してもいいですか？　今はとにかく忙しくて、できればそっとしておいてほしいんです。本当にごめんなさい」

にべもない態度に、柏木の中に理不尽な思いがこみ上げる。

ぐっと気持ちを抑え、何も言わずに工房を出たものの、心にはふつふつと苛立ちが渦巻いていた。

（一体何なんだ。彼女を怒らせるようなことをしたおぼえは、一切ない。それなのに）

この数日の出来事といえば、御堂家に葵が一人で話をしに行ったことと、高本が来たことぐらいだ。

あの日は伯父夫妻がどちらも不在で、結局話し合いはできなかったのだと彼女は語っていた。だがもし伯父夫妻ではなく、和之と話をしたのだとしたらどうだろう。

（もしかして、彼に何か言われたのか？　それが原因で、俺に素っ気なくしてるのだとしたら――）

柏木が「葵に和之の面倒を見る義務はないのだから、自分の生活を優先するべきだ」と言ったとき、彼女はそれに賛同していた。

しかし和之本人は葵に執着し、自分の傍に縛りつけるために自傷行為までしている。先日御堂家を訪れた際に彼にニアミスし、何か脅しめいたことを言われて柏木と距離を取ろうとしているというのは、充分ありえる気がした。

（できるだけ早く、葵と話し合う時間を作らなきゃ駄目だな。和之さんに俺たちの関係を邪魔されるなんて、冗談じゃない）

葵が何かに悩み、その結果自分と距離を取ろうとしているのなら、彼女の中の懸念を払拭してやりたい。そう強く思うほどに、柏木は葵を恋人として大切に思っていた。

（こんなに好きになるなんてな。高本は優香のほうが俺にふさわしいみたいに言っていたけど、彼女への気持ちと葵への気持ちはまるで違う）

以前交際していた竹内優香は、フランスで修業中だった柏木をスカウトし、Brindilleのシェフに据えた張本人だ。

四歳年上の彼女は才気溢れる実業家で、知り合ってから四年目くらいに何となくつきあい始めた。しかし互いに仕事人間だったがゆえにドライな関係で、時間が合えば一緒に過ごすくらいの感覚だったため、恋愛特有の大きな感情のやり取りはなかった。

それでも、柏木が店を辞めたいという相談をしたとき、竹内は「あなたは公私共に私のパートナーよ」「今の待遇に不満があるなら言って。善処するから」と引き留めてきた。

結局柏木の決意は揺るがず、退職すると同時に彼女との関係も終わりになったが、後悔は一切ない。竹内とつきあった経験から、柏木は自分が恋愛に夢中になれない性質《たち》だと思っていたが、それは葵との出会いで覆された。

最初に彼女が作る器に魅了され、その人となりに惹かれるのはすぐだった。服装に派手さはなく素朴であるものの、葵には凛とした美しさがあり、真面目な性格も好ましい。

想いが通じ合ってからは徐々に屈託ない笑顔も見せてくれるようになっていて、そんな彼女がいとおしくてたまらなくなっていた。今の柏木にとってはもっとも大切な存在で、葵を親族という枷で雁字搦《がんじがら》めにしようとしている和之に対し、怒りをおぼえる。

あくまでも彼女を縛りつけようと考えるなら、第三者である自分があえて間に踏み込み、御堂家と話をしてもいいとすら考えていた。

（まずは葵と話さないと。明日の夕方ぐらいに、連絡してみよう）

翌日、柏木は朝からパソコンに向かい、風岡市のチーズ専門店についてリサーチしていた。

いくつかピックアップし、実際に行ってみようと考えてスマートフォンに住所を転送していたところ、ふいに固定電話が鳴る。立ち上がって「はい、柏木です」と受話器を取ると、電話をかけてきたのはこの建物のオーナーである佐々木だった。

『急に電話してすまないね。今日は柏木さんに言わなきゃならないことがあって、電話をしたんだ』

「何でしょう」

『実はあんたに、その建物を貸せないことになった。申し訳ないけど、一ヵ月以内に退去してもらえるかな』

彼の申し出はあまりに予想外で、柏木は唖然《あぜん》とし、「……は？」とつぶやく。

「何をおっしゃっているのか、よくわかりません。この建物はフレンチレストランとして開業する予定で、その旨は契約時にお伝えしました。佐々木さんは、『古い建物だし、好きに改装してくれて構わない』とおっしゃっていたはずですが」

『確かにそうだが、こちらにもいろいろと事情があってね。とにかくあんたには貸せないことになったから、納得してほしいんだ』

どこか歯切れの悪い佐々木の言葉を聞いた柏木は、目まぐるしく考える。

築六十年の古民家を飲食店として改装するには、それなりの金額がかかっている。リフォーム費用だけではなく、厨房設備や什器、客席など、既に支払い済みのものも多数あった。この建物を出ていくということになれば、それらがすべて無駄になる。事業計画自体が頓挫することになり、こちら側の損害は計り知れなかった。

柏木は眦を強くして言った。

「納得できません。ここを出ていくのなら、こちらが被る損害は甚大です。違約金を含めてそちらに請求することになりますが、それでよろしいのですか？」

『も、もちろん、多少は払う意思はある。とにかく明日以降に書類を届けるから、それに目を通してくれ。じゃあ』

彼が電話を切ってしまい、柏木は釈然としないまま受話器を置く。

佐々木は違約金について「払う意思がある」と発言したが、多少どころの話ではない。だが金額以上に柏木を憤らせているのは、彼がこちらに退去を迫る明確な理由を挙げなかったことだった。

（一体どういうことだろう。急にあんなことを言い出すなんて、無茶にも程がある。いくら法的な知識に疎くても、話がすんなり進まないのはわかるだろうに）

これまで佐々木との関係は極めて良好だっただけに、ダメージが大きい。

柏木はすぐに開業コンサルタントに電話をかけ、先ほど通告された内容を伝えた。すると彼は電話の向こうで、信じられないという口調で言う。

『一体どういうことでしょうね。ここまで話が進んでいたのを途中で頓挫させるとなると、七月の開業は不可能です。代替えの場所を探すにも時間がかかる』

「ええ。僕も詳しい事情を聞いたのですが、明日以降に書面を送ると言われてしまって」

コンサルタントは法務に話を持っていくと言い、了解して電話を切る。

険しい表情で息をついた柏木は、少し考えて車の鍵を手に取ると、商店街に向かった。店のワインの仕入れを酒屋である田口商店に頼んでいたが、一旦それを止めてもらわなくてはならない。

田口商店の店主は三十代の男性で、祖父の代から商店を営み、三代目なのだと言っていた。何度か通ううちに柏木は店主とすっかり打ち解け、世間話ができるまでになっている。

大口の依頼を断るのが申し訳ないと思いつつ店に行ったところ、店主の田口の反応はあっさりしたものだった。

「ああ、聞いてますよ。フレンチレストランの開業、なかったことになったんですよね？　了解です」

「どうして……」

柏木が佐々木から退去の話を申し出られたのは、三十分ほど前だ。まだ承諾もしておらず、詳しい話はこれからであるはずなのに、なぜ目の前の彼がその話を知っているのだろう。

するとそんな疑問を察したように、田口が言った。

「『何でもう知ってるのか』って考えてるのかもしれませんけど、田舎ってそういうもんですよ。柏木さんの店が開業しない話は、もう商店街中に回ってます」

「えっ……」

「まあ何ていうか、お気の毒だなとは思います。でも元々こういうところなんで、しょうがないですよね」

含みのある口調で言った彼は、新しく入ってきた女性客に「いらっしゃい」と声をかけ、親しげに話し始める。それを見つめた柏木は、眉をひそめて考えた。

（俺の店が開業しない話が、商店街ではもう周知の事実になってる？……これは一体どういうことだろう）

まさか佐々木が、事前にリークしたのだろうか。だがその目的が一向にわからず、柏木はモヤモヤしたものを感じる。

外に出ると、往来は行き交う人が多かったものの、こちらを見ると誰もがサッと目をそらした気がした。この地に来て一ヵ月余り、顔見知りも増えて少しずつ集落に馴染んできたつもりでいたが、今はひどくよそよそしく感じる。

「――……」

自分を取り巻く状況が急速に変わっていくのを肌で感じながら、柏木は駐車場に停めた自分の車に乗り込む。

そして重苦しい気持ちでキーを差し込み、エンジンをかけた。

第九章

陶器は成形から素焼き、釉薬掛け、本焼きという工程を経て完成するが、〝検品〟も重要な作業だ。

手作りのため、出来上がった器はすべて表面上に何らかの異常がある。小さな突起や穴あき、気泡は、本焼き中に気泡が膨らむ、もしくは気泡が弾けてしまったことによってできるもので、釉薬と素地との相性も影響している。

色ムラや塗りムラ、色飛びは、釉薬が部分的に厚くなったり薄くなったり、顔料が飛んでしまった状態だ。それらは焼成の段階で必ず出るものであり、完全に防ぐことはできない。

葵は器のひとつひとつを手に取ってじっくりと観察し、表面上の異常の度合いを確認していた。氷裂貫入はもっともシビアで、釉薬の厚みや色味、表面にびっしりと入った細かな罅の状態を確かめる。

（これは貫入が足りない。……失敗だ）

全部で十枚焼いた氷裂貫入の皿のうち、三枚は仕上がりに納得がいかず、廃棄にする。

今回焼成したうちの三割ほどは、柏木の店に納入するために作った器だ。七月のオープンに間に合わせるべく、他の仕事と並行して毎日少しずつ作業を進めている。

彼のことを思い出すと、憂鬱な気持ちになった。四日前に和之と話し、「秘密をばらされたくなかったら、さっさとあの男との繋がりを切れ」と言われた葵は、意識して柏木を遠ざけていた。

体調や仕事の忙しさを理由に避けていたところ、彼は葵を心配して毎日差し入れをしてくれた。だがそれを拒否すると、柏木は「俺は君の気に障るようなことを、何かしたか？」と問いかけてきた。

（匡さんは、何も悪くない。わたしが和之の言葉を、拒めずにいるから──）

本当は彼のことが好きで、離れたくない。だがこの狭い集落で工房を構えている以上、御堂家と距離を置くことはできず、和之の言葉に従わざるを得なくなっている。

とはいえ全面的に受け入れたわけではなく、葵は仕事の忙しさを理由にデッサンモデルを断っていた。それでも、和之は葵の「あなたの言うとおり、匡さんのことは諦めるから」という言葉を聞いて大いに満足しているようだ。

（悔しい。和之を好きでも何でもないのに、彼の言うことを聞かなきゃいけないなん

て。……でも）

そもそも柏木に惹かれたのが、間違いだったのかもしれない。

高本が言うように、柏木にふさわしいのは写真で見た竹内のような女性だ。華やかな世界で活躍していた彼は、ああいった美女のほうが釣り合っている。

このあいだの風岡市でのデート、そして高本から聞かされた話から、葵は自分と柏木の格差を如実に感じていた。このままつきあい続けても、いつか彼と一緒にいることがつらくなる。だったら傷が浅いうちに身を引こう――そんな諦めの気持ちが、心を満たしていた。

（それなのに……）

柏木と過ごした時間を思い浮かべるだけで、葵の胸は強く締めつけられる。

短いあいだでも、彼と一緒にいるときはとても幸せだった。だがこれ以上恋人としてつきあうことはできず、葵はここ数日重苦しい思いを抱き続けている。

（制作依頼されている食器を納品すれば、わたしの仕事は終わる。……そのときに、匡さんにはっきり「もうつきあえない」って言おう）

昨日の拒絶で彼も気分を害しているだろうが、やはり明確に別れを告げたほうがいい。

そう結論づけた葵は、検品が済んだ器の間に緩衝材を挟みながら棚に陳列する。そしてパソコンを開き、作業進捗を入力しようとしたところで、外で車の音が近づいてくるのに気づいた。

（……誰だろう）

この工房は小道を入った雑木林の中にあり、用事がある者以外は誰もやって来ない。しばらくして車が停車し、工房に入ってきたのは柏木だった。昨日の出来事を思い返すと気まずく、葵は内心ひどく動揺しながら彼に問いかける。

「どうしたんですか？　昨日言ったとおり、わたしは忙しいんですけど」

「ごめん、いきなり来て。──俺の自宅の家主である佐々木さんから、家を貸せなくなったから出ていってくれと言われた」

突然告げられた言葉の内容に驚き、葵は振り向いて「えっ」とつぶやく。柏木が言葉を続けた。

「電話が来たのは一時間ほど前で、まだ本人から詳しい事情は聞けていない。近日中に書面を送ると言われて、開業コンサルタントに相談したところだ」

彼の話は、青天の霹靂《へきれき》だった。

柏木が佐々木から借りた家は築六十年の古民家で、長いこと空き家だったものに借り手がつき、喜んでいたはずだ。内部を全面的にリフォームし、既に厨房設備や客席なども入っていて、いつオープンしてもおかしくない状態に仕上がっている。

それなのにいきなり「出ていってほしい」というのは、あまりに理不尽な話だった。

葵は戸惑いつつ問いかける。

「一体どうして、そんな話になったんですか？　あそこまで大々的にリフォームしたのに、いきなり『出ていけ』だなんて」

「わからない。でもその直後に田口商店にワインの仕入れについて話しに行ったら、彼はもう知っていたんだ。店主いわく、商店街にはもう知れ渡っている話だと」

「わたし仕事をしていて買い物には行っていないので、何も聞いていないですけど……」

そのとき葵の心に、ふと「これはある意味、チャンスなのではないか」という思いがよぎる。

このあいだ高本が言っていたように、柏木にこんな鄙びた田舎町はふさわしくない。そう思いながら、「あの」と口を開いた。

「匡さんは、こんな田舎じゃなく……もっと大きな都市でお店をやったほうがいいんじゃないでしょうか」

「えっ？」

「確かに佐々木さんが言っていることは理不尽ですけど、考え直すチャンスじゃないですか？　ここではなく、例えば風岡市の一等地でお店を構えれば、きっと比べ物にならないくらいにたくさんのお客さんが来てくれるようになります。匡さんにそんなことを申し出るくらいですから、佐々木さんは相応の違約金を払うつもりでいるんですよね？　だったら――」

「俺はこの町の長閑さが気に入って、店をやりたいと思ったんだ。大都市で限られた富裕層の人間を相手にするんじゃなく、もっと客に近い位置で料理を提供できる店にしたいと考えた。だから他の場所でやればいいというのは、まったくの見当違いだ」

きっぱりと言いきられ、葵は自分の浅はかさを悟る。彼が「それに」と言葉を続けた。

「この町には、葵がいるというのも大きい。俺は君の陶芸家としての才能を高く評価しているし、ろくろを回す姿を見るのも好きだ。その細い手からあんなに素晴らしいものを生み出すのを心から尊敬していて、葵の工房があるからこそ自分もこの地で店をやりたいと思ってる」

それを聞いた葵は、苦しくなる。

柏木が陶芸家としての自分を評価してくれるのは、心からうれしい。だが葵はもう、彼との別れを心に決めていた。

葵は目を伏せ、深呼吸する。そして柏木の顔を見ず、口を開いた。

「匡さんがわたしの仕事を褒めてくれるのは、うれしいです。でも、この数日言うタイミングを窺《うかが》っていたんですけど……正直言って、匡さんとの関係に腰が引けてます。わたしはあなたにふさわしくないんじゃないかって」

「どうして……」

「匡さんは神戸の有名店で七年もシェフとして勤め、いろいろなメディアで持て囃されていた人ですよね。それにブランドショップにも行き慣れていて、高価なものを躊躇いなく買ってしまうだけの財力があります。そんな人と、わたしはまったく釣り合っていません」

それを聞いた彼が、「葵、それは……」と何か言いかける。葵はそれを遮り、わずかに語気を強めて続けた。

「匡さんといると、わたしはときどき惨めになるんです。あなたはこんな田舎に不釣り合いなほど華やかな経歴の持ち主ですけど、わたしはただ土を捏ねることしかできない人間で、ああいうお店に行き慣れてもいません。だから……匡さんがこの町を出て、他の場所で新たにお店を開くなら、それはそれでいいと思っています」

するると柏木がみるみる真顔になり、問《と》い質《ただ》してきた。

「それは俺と、別れたいってことか？　俺がこの町を出ていっても構わないと」

葵の胸に、ズキリと痛みが走る。

本当はそんなことは思っておらず、今も彼を好きでたまらない。だが総合的に考えると、別れを選択するのが最良だと思える。

葵はぐっと拳を握り、顔を上げる。そして精一杯普通の顔で告げた。

「短いあいだでしたけど、楽しかったです。依頼していただいた食器については、きちんと納品しますから安心してください」

「……葵」

「すみません、仕事がありますので、今日はもうお帰りください。――納品の目途が立ったら、連絡します」

にべもない葵の態度に思うところがあったのか、柏木が「……また来るよ」と言って工房を出ていく。走り去っていく車の音を聞きながら、葵はかすかに顔を歪めた。

（これでいい。……いつかは言わなきゃいけないことだったんだから）

彼に言ったことは、決して嘘ではない。柏木の傍にいると劣等感を刺激され、気後れしてしまう瞬間が多々あった。

本当はそれを凌駕するくらいに強く、彼を好きだという気持ちがある。しかし柏木のことを思えば、身を引いたほうが彼のためだ。自分と別れれば、柏木はこの下ノ町ではなく別の場所で店を開く決心がつくかもしれない。

そこでふと葵は、佐々木が突然彼に退去を迫った理由を考える。あれだけ大掛かりなリフォームをして、いつでも店をオープンできる状態になっていたのを知っているのだから、それを中止させるのはよほどのことだ。

（匡さんは、「商店街では、既に店のオープンがなくなった話が広まってる」って言ってた。もしそれが、誰かが故意に流した話だとしたら……）

柏木をこの町から追い出そうとしている人物が、確実にいる。

それは誰だろうと考えたとき、葵の脳裏に真っ先に浮かんだのは和之の顔だった。

（もしかして、今回の件には和之が関わってる？　佐々木さんに圧力をかけ、商店街に噂を流して、匡さんを居づらくさせようとする動機が彼にはある）

葵と交際している柏木を、和之は疎ましく思っていた。

こちらの弱みにつけ込み、「秘密をばらされたくなかったら、柏木との繋がりを切れ」と脅してきたくらいだ。もし柏木を憎む気持ちが高じて御堂家の名前を使い、影響力を行使しようとしているなら、それは見過ごせない。

（和之に会って、確かめないと。わたしのせいで、これ以上匡さんに迷惑をかけるわけにはいかない）

そう決意した葵は、急いで工房を片づける。

そして入り口に施錠し、自身の車に乗り込むと、逸《はや》る気持ちを抑えてエンジンをかけた。

＊＊＊

朝は晴れていた空が、昼近い今は雲が多くなってどんよりしている。

つい先ほどの葵との会話を思い出し、運転中の柏木はかすかに顔を歪めた。突然の退去勧告と集落に流れている噂に加え、彼女から「わたしはあなたに釣り合わない」「匡さんは、もっと大きな都市で新たに店を構えたほうがいいです」という、事実上の別れ話を告げられて、精神的に大きなダメージを受けている。

（葵が俺にそこまで劣等感をおぼえていたなんて、知らなかった。俺は自分にできる範囲で、彼女を愉しませようとしていただけなのに）

ここ数日のよそよそしさは、もしかしてそれが原因だったのだろうか。

別れを告げられたことにはまったく納得しておらず、話し合いたい気持ちが強くある。だがその前に、柏木にはやらなければならないことがあった。

（佐々木さんに会って、なぜいきなり退去を通告してきたのかを聞かないと。電話だと切られるかもしれないから、直接家まで行こう）

家主である佐々木忠《ただし》の家は、柏木の自宅から車で五分くらいのところにある。

彼は五十代半ばの痩せぎすの男性で、柏木が住んでいる家はかつて実家だった場所らしい。老いた両親が相次いで亡くなったあと、数年間空き家になっていて、持て余していたところに柏木が賃貸契約を申し込んできたため、とても喜んでいた。

柏木が玄関のインターホンを押すと、佐々木の妻の喜美江《きみえ》が出てくる。彼女はこちらを見て驚いた顔をし、奥に向かって「お父さん」と呼んだ。

「何だ、大きな声を出して……。あっ」

奥から出てきた彼は、こちらを見て狼狽した表情になる。それを眺めつつ、柏木は淡々と告げた。

「今朝のお電話では要領を得ませんでしたので、直接お伺いしました。少しお時間よろしいでしょうか」

佐々木が渋々といった体で「ああ」と頷き、柏木は中に上がらせてもらう。

革張りのソファに腰掛け、お茶を持ってきた喜美江に「お構いなく」と告げた柏木は、早速話を切り出した。

「佐々木さんはお電話で『家を貸せなくなった』『一ヵ月以内に出ていってほしい』とおっしゃっていましたが、それは受け入れかねます。あの家を店舗としてリフォームした費用や厨房設備の搬入、それに什器の手配や客席を揃えるのに、かなりの金額が掛かっていますから」

柏木が概算で金額を羅列していくと、彼の顔色が次第に青くなっていく。

そして「そんなに……」とつぶやいたため、柏木は言葉を続けた。

「それだけではありません。実際に退去するとなると、搬入した設備の取り外しや新たな物件が決まるまでの保管費、引っ越し費用、七月に開業できなかったことへの損害賠償なども併せて請求しなければならなくなります。そうした事情を佐々木さんがどこまで了承しておられるのか、確認したくてご自宅にお邪魔したんです」

すると佐々木が、歯切れの悪い口調で答える。

「こちら側が無茶を言っている自覚はあったから、多少の迷惑料を出す予定ではいた。……でも、そんな金額になるとは」

「僕は別に、法外な金額を吹っかけているわけではありません。お疑いならば、後日担当のコンサルタントのほうから詳細な請求書をお出しします。何なら弁護士を挟んでもいい」

それを聞いた彼は苦りきった顔になり、何やら目まぐるしく考えている。

そしてしばらくの沈黙ののち、「……実は」と重い口を開いた。

「柏木さんに退去の話をしたのは……ある筋から頼まれたからなんだ。あんたをあの家から追い出して、店の開業をできなくさせてほしい。それに関わる違約金などは、自分が払うからと」

「ある筋とは、一体どこですか」

柏木が有無を言わさぬ口調で問い詰めると、佐々木が白状する。

「……御堂家だ。私は御堂紡績で働いていて、あと数年で定年を迎える。もし御堂家の機嫌を損ねて首を切られることになれば、退職金がパーだ。それだけじゃなく、この下ノ町にだっていられなくなる。だから」

「――――」

彼の口から御堂家の名前が出たのを聞いた柏木は、驚きに目を見開く。

葵の家系の本家に当たる御堂家は、昔からこの辺りの大地主だと言っていた。御堂紡績という会社を営んでいて、集落の住人が多く働いているとも。

（そうした力関係を利用して、俺に圧力をかけてきたのか。だとすれば裏で糸を引いているのは、和之さんだな）

和之は葵に執着しており、彼女と交際している柏木をよく思っていない。柏木は佐々木を見つめて言った。

「御堂家は『違約金を代わりに支払う』と言ったそうですが、先ほど僕が提示した金額をのむと思いますか？」

「最初の話では……そう言っていた。だがあそこまでの金額になることは、想定していないと思う」

「佐々木さんと御堂家との話がどうであれ、法的には僕と家主であるあなたとの話し合いになります。もし違約金を払うというのが口約束に過ぎず、御堂家が土壇場で『知らない』と言い張れば、佐々木さん一人が賠償金を背負うことになりますが」

するとと彼はみるみる顔色を変えて言った。

「そ、そんなのは困る。私は別にあんたを追い出そうとは思ってなかったし、御堂家に言われただけなんだ。だから……っ」

「とりあえず、事情はよくわかりました。こちらもコンサルタントや弁護士と相談し、改めてご連絡いたします」

「柏木さん……っ」

佐々木が追い縋ろうとしてきたものの、柏木は構わず席を立つ。

そして「お邪魔しました」と頭を下げ、外に出た。

(まさか佐々木さんに圧力をかけていたのが、御堂家だったなんて。……家ぐるみでしているのか、それとも和之さんの一存なのか)

葵をあの家から引き離そうとしたことが、そんなにも逆鱗に触れたのだろうか。

佐々木の前では冷静に振る舞っていたものの、柏木の中には和之への怒りがふつふつと湧いていた。自分をこんな手段で排除しようとするくらいなのだから、葵にも何らかのプレッシャーをかけている可能性は充分ある。

(もしかしたら、彼女が俺に別れを告げてきたのはそれが背景にあるのかもしれない。……どれだけ彼女を縛りつければ気が済むんだ)

車に乗り込んだ柏木は、エンジンをかける。

向かった先は、御堂家だ。一度葵に同行したことがあったため、幸い場所は覚えている。これから和之の元を訪れ、直接事の次第を問い質すつもりでいた。

空はどんよりと曇り、鈍色《にびいろ》の雲が重く立ち込めていた。車を走らせること十数分、道の先に集落の中でもひときわ立派な門構えが見えてくる。

敷地内に乗り入れた柏木は、ふと見慣れた葵の車があるのに気づいた。

(葵がここに来てる？　いつもなら、仕事をしてる時間なのに)

急いで車を降りると、母屋から家政婦らしい女性が様子を窺いに顔を出す。柏木は彼女に会釈をし、短く告げた。

「和之さんにご用があって来ました。お邪魔いたします」

離れに近づくと、玄関の引き戸がわずかに開いており、柏木はそれをそっと開ける。するとと中から、男女の会話が聞こえてきた。

「わたしは今後一切、……ない。今日彼にそう告げてきたし、……てくれた。わたしはこれからもずっと……の傍にいるから、これ以上あの人の……はやめて。お願いします」

「……して、あの男を庇いたいのか？　……ったら、……てもらわないといけないな」

二人の声には聞き覚えがあり、葵と和之が話しているのだとわかる。

躊躇ったのは一瞬で、柏木は玄関の三和土《たたき》で靴を脱いで建物に踏み込んだ。そしてリビング兼アトリエの引き戸に歩み寄ると、より会話が鮮明に聞こえてくる。

「僕は何も、あの男と別れて一生一人でいろとは言ってないよ。葵は僕と結婚すればいいだろう？　そうすればすべて解決する」

「何を言ってるの……わたしとあなたが結婚なんて」

「従兄妹同士だから不可能じゃないし、うちの両親だって賛成するはずだ。でもそうやって拒否するってことは、まだあの男のことを諦めきれてないんだろう。だったらあいつに全部話してやろうか、君が僕の求めに応じて、ヌードモデルをしてたんだって」

「やめて！」

鋭く制止した葵が、人の気配に気づいたようにふとこちらを見る。

そして柏木と目が合い、呆然とつぶやいた。

「匡さん……どうして」

「佐々木さんから、俺をあの家から退去させるように頼んだのが御堂家だと聞いて、和之さんから話を聞くためにここに来たんだ」

彼女の顔は蒼白で、今の会話を聞かれたくなかったのがわかる。

すると車椅子に乗った和之が、盛大に噴き出しながら言った。

「何だ、すごいタイミングで現れたもんだな。葵、彼は今の話を聞いてたんじゃないか？　君があんなにも隠したがっていたことなのに、その苦労が水の泡だね」

葵は青ざめた顔で目をそらし、自分の二の腕をぎゅっとつかんでいる。

それを尻目に、和之が車椅子を操作しながら壁際の棚に近づいた。そして複数のスケッチブックの中から一冊を引き抜き、ページを開いて柏木に差し出してくる。

「ほら、見るといい。僕が彼女の身体の隅々まで知ってるんだってことがわかるから」

柏木はスケッチブックを受け取らなかったものの、開かれた中身が自然と目に入ってきて、内容に釘付けになる。

――そこには、全裸の葵の姿が何枚も描かれていた。

＊　＊　＊

時は、十五分ほど前に遡る。

柏木が工房から立ち去ったあと、葵は車を運転して御堂家までやって来た。しかし敷地内に車を入れた途端、母屋から出てきた伯母の真知子に捕まってしまった。

「ちょっと、聞いたわよ。あなた、連休中は先月引っ越してきた料理人のところに入り浸りだったんですって？」

「えっ」

「婦人会の寄り合いに出たとき、皆さんからそう聞かされたの。ご近所のことは誰がよく見ているものですからね。若くて顔が整っているらしいけれど、都会から来たせいか何だか軽薄だっていうし、そんな男にまんまと引っかかるだなんてあなたは御堂家に繋がる人間だという自覚がないの？　男遊びをさせるために独り暮らしを許したわけじゃありませんよ」

まるで自分がふしだらな女だと言わんばかりの伯母の言葉に、葵はじわりと反感をおぼえる。

これまではこうして上から押さえつける発言をされても、黙って聞いていた。三年間御堂家の世話になったという負い目から、そういう図式が自然と出来上がっていたのだ。

だが今は怒りの感情がふつふつと湧き起こり、どうしても聞き流すことができなかった。なおも文句ばかりを言い募る彼女を見つめた葵は、切り込むような口調で告げた。

「お言葉ですが、わたしはもう二十六歳の大人です。誰とつきあおうと、仕事以外でどんな過ごし方をしようと、誰にも文句を言われる筋合いはありません」

「な、何ですって」

「それに柏木さんは、とても立派な人です。確かにわたしは彼と親しくしていましたけど、もう終わった話ですから文句はありませんよね。伯母さんは事あるごとに御堂家の家名がどうとか、品位がどうとか言いますけど、本当に品位のある人は無責任な噂話に興じたり、該当する人物にその内容をわざわざ告げたりはしないんじゃないでしょうか」

今まで言い返したことがなかった葵の反撃が思いもよらなかったのか、伯母は何も言えずに言葉を失っていた。それを見つめ、葵は毅然として告げた。

「和之と話がありますから、離れに行きます。——失礼します」

彼女の脇を通り過ぎた葵は、離れに向かう。

伯母と和之、そして伯父にも、強い憤りを抱いていた。御堂家がどれだけ大層な家か知らないが、自分たちの一存で人の生き方を左右できると考えるのは、あまりに思い上がっている。

（もし和之が匡さんに嫌がらせをしているなら、許せない。すぐにやめさせないと）

たとえ柏木との恋人関係を解消したとしても、彼にとって不利益となることは絶対に見過ごせなかった。

葵が離れに向かうと、車椅子に乗った和之が「どうしたの」と聞いてくる。

「いつも来るのは夕方なのに、今日は早いね。僕はうれしいけど」

「和之、正直に答えて。匡さんをこの下ノ町から追い出すため、彼の自宅の家主である佐々木さんに何らかの圧力をかけたのは、あなたなの？」

するとと彼は微笑み、あっさり答えた。

「ああ、そうだよ。佐々木さんに、柏木に退去を勧告してあの家から出ていくように促してもらった。それに関する違約金は、御堂家《うち》が持つと」

「どうして？　何でそこまでするの」

「理由は明快だ。――あの男が気に入らないから」

和之はゆっくりと車椅子を動かしつつ言った。

「柏木は、葵に手を出した。ネットで検索すれば名前が出てくるような有名シェフで、地位も名声も何もかも持っていた男が、わざわざこんな田舎にやって来て君を恋人にするなんて、あまりにも調子がよすぎるだろう。まあ、そんなのに引っかかる葵も葵だけど」「だからって、家を追い出そうとするなんておかしいでしょ。あれだけ大掛かりなリフォームをして、かなりのお金がかかってるはずなのに……」

「こんな狭い町で商売をするなら、地元の人間を蔑ろにしては経営が成り立たない。僕を怒らせた時点で、あの男がフレンチレストランを開業するのは無理な話だったんだ。この集落には御堂家の機嫌を損ねてまで新参者と仲良くしようと考える者はいないし、先に根回しをしておいたから、きっともう爪弾《つまはじ》き者《もの》になってるだろうね」

葵は目まぐるしく考える。

これ以上和之に柏木を攻撃させないためには、どうしたらいいのだろう。

(わたしが黙って言うことを聞けば、和之は満足する？　そうすれば匡さんには手を出さないの……？)

心臓がドクドクと音を立て、手のひらにじっとりを汗がにじむ。

しばらく逡巡《しゅんじゅん》し、顔を上げた葵は、彼を見て告げた。

「わたしは今後一切、匡さんと個人的な関わりは持たない。今日彼にそう告げてきたし、向こうも納得してくれた。わたしはこれからもずっと和之の傍にいるから、これ以上あの人の開店の邪魔をするようなことはやめて。お願いします」

すると和之は葵の顔をまじまじと見つめ、すぐに噴き出す。

「そんなにまでして、あの男を庇いたいのか？　だったらやっぱりこの地から出ていってもらわないといけないな」

「えっ……」

「僕は葵の周りにあの男の気配があるだけで、許せないんだ。同じ町にいれば、いくらだってニアミスする機会がある。だから出ていってほしいんだよ」

そう言った彼は、さらに「僕は何も、あの男と別れて一生一人でいろとは言ってない」「葵は僕と結婚すればいいだろう」と言い出して、葵は顔をこわばらせた。

「何を言ってるの……わたしとあなたが結婚なんて」

「従兄妹同士だから不可能じゃないし、うちの両親だって賛成するはずだ。でもそうやって拒否するってことは、まだあの男のことを諦めきれてないんだろう。だったらあいつに全部話してやろうか、君が僕の求めに応じて、ヌードモデルをしてたんだって」

「やめて！」

大きな声で和之の言葉を遮った葵は、ふと背後に人の気配を感じて戸口を振り向く。

するとここにいるはずのない柏木が立っていて、呆然とつぶやいた。

「匡さん……どうして」

聞けば彼は、佐々木からあの家から退去させるように頼んだのが御堂家だと聞き、和之と話をするためにここに来たのだという。

そんな柏木に、和之はこの三年ほどで描き貯めた葵のヌードデッサンを見せた。その光景を前に、葵は目の前が真っ暗になるような深い絶望感にかられていた。

(匡さんに、知られてしまった。……絶対に隠しておきたかったのに)

――この三年間、葵は〝人物のデッサンをする〟という名目で、毎回ヌードになることを命じられていた。

和之が絵画を始めたのは、車椅子生活になって間もなく主治医からアドバイスされたためだ。だが二ヵ月もすると静物や風景を描くのに飽きてしまい、「人体を描いてみたいから、モデルになって」と要請され、葵は渋々それに応じた。

しかし最初こそ着衣で座っているだけだったのが、「人の身体をきちんと描けるようになりたい」と言われ、服を脱ぐように迫られた葵は断固として拒否した。

しかし和之は執拗で、「他人ならいざ知らず、僕らは従兄妹《いとこ》同士なんだから」「服を脱いでほしいのはあくまでも芸術のためで、決して他意はない。そもそも自分は車椅子で思うように動けないのだから、葵に何かしようとしてもできない」と言い、押しきられてしまった。

　葵には高校時代に御堂家で世話になったという過去があり、彼がその家の息子というのも大きい。本当は嫌でたまらず、〝描いたものは絶対に人に見せない〟と約束してもらっていたものの、葵はいつも不安に苛《さいな》まれていた。和之が約束を守る保証はまったくなく、こちらは弱みを握られている。最初にきっぱり断ればよかったのに応じてしまったため、彼の手元にあるデッサンを公表されたくないがゆえにずるずると応じ続ける図式ができてしまった。

　デッサンモデルをやめたいという気持ちは以前から抱いていたが、それが強まったのは柏木を好きになってからだ。彼に想いを告白されたとき、葵の中に「この人は、従兄にヌードモデルをさせられている自分をどう思うだろう」という考えが頭をよぎった。

　伯父一家への恩義から断れずに和之の世話をし、あまつさえヌードモデルまでしている自分を、柏木は軽蔑するのではないか。そんな不安があったものの、会えば会うほど彼への想いは募り、ついに交際するのを了承してしまった。

　柏木とつきあい始めてからは幸せで、和之に自分の身体を見られたくない気持ちが強くなった。だが下手な言い方をして怒らせれば、ヌードデッサンを公表される恐れがあり、対応に苦慮していた。

こうして最悪な形で知られることになってしまい、忸怩たる思いを噛みしめる。

(匡さんは、わたしを軽蔑したはず。恋人でもない和之に、こんな姿を見せていたんだもの)

一度描かれてしまえばそれが暗黙の〝強請り《ゆすり》〟のネタとなり、葵は煽情的《せんじょうてき》なポーズを取らされたことが何度もあった。

今、柏木がそれらを見ていると思うと、消え入りたい気持ちになる。しばらく無言でスケッチブックをめくっていた彼は、やがて口を開いた。

「このあいだ和之さんにスケッチブックを見せられたとき、葵の姿が執拗に描かれていて、並々ならぬ執着を感じた。あれは着衣のデッサンだったが、このヌードは君が了承したものか？」

柏木の問いかけに、葵は目を伏せて小さく答える。

「最初は断ったんですけど……和之が『服を脱いでほしいのは、あくまでも芸術のためだ』『自分は車椅子なんだから、葵に何かしようとしてもできない』って言って、押しきられました。でも、描かれたあとに『これを誰かに見られたらどうしよう』って考えて、怖くなったんです。やっぱり破棄してほしいとお願いしたら断られ、逆にそうした気持ちを利用して、毎回ヌードモデルを頼まれるようになりました」

いっそこの離れに来るのをやめたかったが、自分には御堂家に対する負い目があり、無下にすればこの集落にはいられなくなってしまう。祖父の遺した工房を継いだ葵に、下ノ町を出ていくという選択肢はなかった。

するとそれを聞いた柏木が、「つまり」と確認するように言う。

「ヌードデッサンは君の意に添ったものではなく、強要されていたというわけだな」

「……はい」

彼は「……そうか」と押し殺した声でつぶやき、それを聞いた葵の心がヒヤリとする。

たとえ意に染まぬものであったとしても、自分の意思でこの離れを訪れていたことには変わりがない。つまり、ヌードモデルをやめようと思えばやめられたのに、周囲の目を気にして和之の要求に従っていたのだ。

(軽蔑……するよね。わたしが自分で服を脱いで、こんなことをしていたんだもの)

かすかに顔を歪め、葵は胸に走った痛みをぐっとこらえる。しかし柏木が発した言葉は、思いもよらぬものだった。

「事情はよくわかった。和之さん、あなたが葵にしたことは芸術でも何でもなく、純然たるセクハラだ。絶対に許されない」

ピクリと表情を動かした和之が無言で彼に視線を向け、柏木が言葉を続ける。

「彼女の尊厳を傷つけることで支配した気になっているのなら、勘違いも甚だしい。弱みを握って、心まで手に入るわけがないんだ。あなたは自分の歪んだ欲望を、絵という形に転嫁しているだけじゃないのか」

彼の声音には押し殺した怒りがあり、葵の胸が締めつけられる。

はっきりと断罪された和之の頬に、じわじわと朱が差した。彼は口元を歪めてつぶやいた。

「わかったような口を……。葵が僕の世話をするのは、当然だよ。御堂家《うち》が行き場のない彼女を引き取って、養育してやったんだから。これまで上手くいっていたのに、いきなり横槍《よこやり》を入れてきたのは君のほうだろう」

「上手くいっていた？　葵の我慢の上に成り立つ関係をそんなふうに思っていたなら、あまりに傲慢すぎる。あなたはヌードデッサンを僕に見せることで葵から遠ざけようと考えていたのかもしれないが、それは見当違いだ。これまで搾取され続けていた彼女を気の毒に思いこそすれ、軽蔑はしない」

それを聞いた葵の目から、涙が零れ落ちる。柏木が自分を軽蔑しなかったこと、そしてこれまでの苦痛を慮ってくれたことが、胸が震えるほどうれしかった。一方の和之は、普段は穏やかな顔にはっきりと醜悪な感情を浮かべて言う。

「ご大層なことを言うが、この町に住む以上は御堂家《うち》の影響を受けざるを得ない。何しろ集落のかなりの人間が、御堂紡績で働いてるんだ。君が店を開こうと客として行く者はいないし、親しくつきあおうと思う者もいないだろう」

彼は車椅子を操作し、葵の目の前まで来て微笑んだ。

「つまりこの男が下ノ町に店をオープンしたとしても、絶対に成功しないってことだ。そんな将来性のない人間にくっついていたって、葵も周囲から孤立するだけだよ。この町に住んで祖父さんの工房で陶芸家を続ける以上、そんなの耐えられないだろう？　僕は別の男に浮気した君だって、寛大な気持ちで受け入れられる。だから意地を張らず、戻っておいで」

和之の顔を見つめ、葵は目まぐるしく考える。

（和之のところに戻る？　それでこれからも気持ちを無視されて、精神的に支配される日々を送るの……？）

そこでふと思う。もしかすると自分にヌードモデルをさせることは、彼の歪んだ欲求の発露だったのかもしれない。

下半身の感覚を失った和之は、もうまったく性欲を感じないのだと以前言っていた。それでも男としてのプライドが疼き、しかし異性に接触する勇気がなく、身近にいた葵を支配することで精神の均衡を保っていたのだと考えれば、説明がつく気がする。

葵はぐっと唇を引き結び、彼を見下ろす。そして押し殺した声で告げた。

「――わたしはもう、和之の言うことは聞かない。ヌードモデルも身の回りの世話も、何もかもやめる」

「えっ」

「あなたにデッサンされるのが、本当は嫌で嫌でたまらなかった。好きでもない相手に身体を見られたくないし、ましてやそれを絵という形で残されるのも、すごくストレスだった。でも、もし機嫌を損ねたら誰かに見せられるかもしれないのが怖くて……ずるずると従ってきたの」

語尾が震え、ポロリと涙が零れ落ちて、葵は深呼吸する。

ずっとこうして抗議したくて、たまらなかった。柏木を好きになってからは、和之に身体を見られている自分が汚く思え、〝好き〟という気持ちを伝えるのにひどく時間がかかった。

(でも……)

「気持ちを無視して従わされるのは、もう嫌。和之にも伯母さんにも、何ひとつ命令されたくない。たとえ和之に逆らうことで集落で孤立してしまっても、それで全然構わないよ。わたしは陶芸の仕事ができればいいし、そんなふうに容易《たやす》く態度を変える人たちとは、馴れ合いたくないから」

するとそれを聞いた和之が顔を引き攣らせ、葵の腕をつかんで言う。

「何を言ってるんだ。葵はこの先もずっと僕の傍にいるんだ、当たり前だろう？　母さんがうるさく言うのが嫌なら、僕がちゃんと叱っておく。それに陶芸だって、好きにやればいい。もちろん君を孤立させたりなんかしない、さっきのは言葉の綾だよ」

「――離して」

葵が強く振り払った瞬間、彼がバランスを崩し、前のめりに車椅子から落ちる。

肉を打つ大きな音が響き、葵は息をのんだ。

「あ、……」

葵は狼狽し、思わず手を差し伸べようとしたものの、柏木がそれを制する。

すると床に倒れ込み、力の入らない両脚を投げ出した状態の和之が、カッとしたように喚《わめ》き散《ち》らした。

「何やってるんだ葵、僕を起こせ。まさかこのままにする気じゃないだろうな」

「違う。そんな……っ」

「――そんなことをする気はありません。失礼」

冷静な声で答えた柏木が身を屈め、葵の代わりに和之の両脇をつかんで身体を抱え起こすと、元どおりに車椅子に座らせる。

憎んでいる人間に介抱された和之は、屈辱で顔を真っ赤にしていた。そんな彼を見下ろし、柏木が確認するように問いかける。

「和之さん、あなたは僕をこの町から追い出すために、佐々木さんに圧力をかけて家から退去させるように迫った。間違いありませんか」

「ああ、そうだ。彼は御堂紡績で働いていて、数年後に定年を迎える。だから社長の息子である僕には逆らえない」

「それにかかる違約金も、あなたが持つと？」

「そう約束すれば、彼が言うことを聞くと思ったんだ。心配しなくてもちゃんと払ってあげるよ」

精一杯の虚勢を張る和之に、柏木が淡々と告げた。

「そうですか、ありがとうございます。あなたからその言質《げんち》が取れて安心しました」

そう言って彼がポケットからスマートフォンを取り出し、ディスプレイを見せる。

画面ではボイスレコーダーが作動していて、それを見た和之が目を見開いた。

「それは……」

「おそらくあなたは佐々木さんとした約束も、ここでの僕や葵との会話も、土壇場で知らぬ存ぜぬで通すつもりだったのでしょうね。ですが僕は佐々木さん宅での話し合いも、すべて録音しています。つまり自宅から退去を迫られた件と葵に悪質なセクハラを働いていた件、どちらも音声という証拠があるということになる」

すると和之が顔色を変え、車椅子を動かして柏木に向かって手を伸ばした。

「ふざけるな、それを寄越せ」

「僕は泣き寝入りする気はまったくありませんので、徹底的にやらせていただきます。今後は弁護士を交えることになりますし、もし度を超えた嫌がらせなどがあれば即座に警察に通報しますので、悪《あ》しからず。それは葵に対しても同様です」

「……っ」

「葵、行こう」

彼に手を差し伸べられた葵は、それをぎゅっと握る。

和之を置いて離れから外に出ると、鈍色の空からポツポツと雨が降り出していた。

柏木がこちらを振り向き、葵を見下ろして言う。

「君と話がしたい。いいかな」

「……はい」

「じゃあ、俺の家に行こう」

第十章

集落の奥まったところにある御堂家の屋敷から柏木の自宅までは、車で十五分ほどの距離だ。

雨は次第に強さを増して、葵は運転しながらワイパーを作動させる。彼の家に到着する頃にはゲリラ豪雨のようになり、車を降りて玄関まで行くだけでだいぶ濡れてしまった。

「大丈夫か？　すごい雨だな。タオルを使ってくれ」

手渡されたタオルを受け取った葵は、濡れた髪と衣服を拭く。

そうしながらも、先ほど柏木にヌードデッサンを見られてしまったことを思い出し、何ともいえない居心地の悪さをおぼえていた。

住居スペースのキッチンに入った彼は、電気ケトルでお湯を沸かしている。やがて湯気の立つコーヒーのカップが目の前に置かれ、小さく礼を言った。

「ありがとうございます」

カップを手に取ると芳醇《ほうじゅん》な香りが鼻先をかすめ、一口飲んだ瞬間、ほろ苦さがじんわりと染みていく。

葵が「あの」と口を開きかけるのと、柏木が「さっきの話だけど」と言うのは、ほぼ同時だった。

「あっ、す、すみません」

「いや。君のほうからどうぞ」

「は、はい。……あの、佐々木さんと直接話をしたんですよね。退去の件は、和之から頼まれたことだとはっきり言われたんですか？」

「ああ。〝御堂家から頼まれて〟という言い方をしていたが、俺は直感的に和之さんの仕業だと考えた。もしかしたら彼の父親も絡んでいるかもしれないが、それはあとでしっかり調査するよ。ビジネスを不当に阻害されたんだから、徹底的にやるつもりだ」

確かに七月に開業予定だった店の事業計画が狂ってしまったのだから、彼には賠償を求める権利がある。ソファの隣に座った柏木が、自身のカップをテーブルに置いて言った。

「君が、ヌードモデルをさせられていたことについてだけど。いつから？」

「……三年って言いましたけど、正確には二年半ほど前です。和之が絵画を始めて、二ヵ月くらい経った頃に」

あのスケッチブックを見たのなら、自分がどれほど執拗に裸体を描かれていたかがわかるだろう。そう思いながらうつむくと、ふいに彼がこちらの手を握ってくる。驚いて顔を上げた瞬間、柏木の眼差しに合い、葵の心臓が跳ねた。

彼は葵の目を見つめて、真摯な口調で言った。

「誤解しないでほしいんだけど、俺は君を責めるつもりは一切ない。スケッチブック何冊にも亘るデッサンを見て、葵がどれほど長いあいだ苦しんできたのかと想像して、胸が痛くなった。あれを公表されたくないがために和之さんに逆らえず、悪循環に陥っていたんだろう？　君は被害者だ」

柏木の言葉を聞いた葵の目にみるみる涙がにじみ、ひとしずく零れ落ちる。

惨めさと安堵がない交ぜになった気持ちで胸がいっぱいになりながら、葵は小さな声で告げた。

「わたし、匡さんから想いを伝えられたときはうれしくて……でもヌードモデルをしていることを知られたら嫌われるんじゃないかと考えて、怖かったんです。だからなかなか返事ができず、煮えきらない態度を取っていたんですけど、結局我慢できずに応えてしまいました」

「……うん」

それからすぐに和之に訪問する頻度を減らしたい旨を伝え、デッサンモデルも理由をつけて断っていたものの、彼は自傷行為で葵を繋ぎ留めるという強硬手段に出た。

そう説明すると、彼が頷いて言った。

「かつて御堂家に世話になっていたという負い目から、葵が和之さんを強く拒絶できなかったのは何となく理解できる。彼はそうした見えない力関係を利用して、君をずっと縛りつけていたんだろう。でもそれは純粋な愛情ではないし、葵の気持ちを無視している時点で悪質なセクハラだ。拒絶するのは、君の当然の権利だよ」

「……はい」

「俺は一連の会話を録音しているし、スケッチブックという証拠もあるから、和之さんのハラスメント行為を立証するのは可能だ。司法に訴えることもできるが、どうする？」

ふいに思いがけない提案をされ、葵は虚を衝《つ》かれる。そして柏木の言葉を反芻し、ポツリとつぶやいた。

「わたしがされたことは……訴えることができるんですね」

「できるよ。君は和之さんの行為で数年に亘って精神的苦痛を味わったんだから、彼は社会的制裁を受けるべきだ」

葵はしばらく考え、彼に向かって言った。

「それについては、まずは伯父に話をしたいと思います。普段ほとんど屋敷にいない人ですけど、あの家の家長なので」

「そうか。ところで葵は今日、俺と別れたいと言っていたけど、それは本心か？　もしかして和之さんのことが原因で、そう言い出したんじゃないのか」

切り込むように問いかけられ、葵は頷いて答えた。

「実は和之がわたしのスマートフォンを勝手に操作して、GPSアプリで動向を監視していたことがわかったんです。彼はわたしが連休中にずっと匡さんの自宅にいたのを知っていて、『別れなければ、ヌードモデルをしている件をばらす』と脅しをかけてきました。それに……高本さんが工房に来て、『柏木さんを縛るのはやめてもらえませんか』って訴えてきたんです。そうしたことが重なって、わたしは身を引いたほうが匡さんのためだと思いました」

「高本が？」

葵は高本に「柏木はこんな田舎で燻っていていい人間じゃない」「もっと大きな都市で店を構えるべき人間で、自分は今の職場を辞めてその手伝いをしたいと思っている」と言われたこと、そして柏木が前の店のオーナーである竹内優香とつきあっていた事実を聞かされたことを話す。

するとそれを聞いた柏木が、深くため息をついて言った。

「高本の奴《やつ》、余計なことを……。前にも言ったとおり、俺は都会で金持ちばかりを相手にする仕事に疲れたからこそ、ここに来たんだ。大きな都市で店をやる気はないし、あいつを雇う予定もない」

彼は「それに」と続け、わずかに語気を強めた。

「神戸にいたとき、店のオーナーとつきあっていたのは確かだけど、仕事優先でお互いにかなりドライな関係だったんだ。だから別れるときもあっさりしたものだったし、今さら彼女とどうこうというつもりは微塵もない。俺の中では完全に終わってる話だから、信じてほしい」

柏木が明確に竹内との復縁を否定し、葵は強く胸を締めつけられる。

いくつも店を経営する実業家で、女優のように美しい彼女と自分の差に、葵は劣等感を抱いていた。そんな気持ちを察したように、彼は微笑んで言う。

「葵を好きになったのは、俺の中でかなり大きな出来事だった。昔から恋愛が二の次だったのに、氷裂貫入の器を作ったのが君だとわかった途端、一気に人柄に興味が湧いたんだ。飾り気がなくて職人気質《かたぎ》なところもクールだと思ったし、話すと素朴で、たまに浮かべる笑顔が可愛いところにも心惹かれた。気がつけば毎日のように、工房に通い詰めてた」

葵は頬が熱くなるのを感じながら、柏木に問いかける。

「わたしでいいんですか……？　匡さんには、きっともっとふさわしい女性がいます。わたしのように土を弄《いじ》ることしか能のない人間は、釣り合っていないんじゃ」

「葵がいい。陶芸家としての君も、一人の女性としての君も、どちらも同じくらい好きだ。だから別れるなんて言わず、これからも俺の傍にいてくれないか」

どこまでも穏やかに想いを伝えてくれる彼を前に、葵の心が揺れる。

ここまで柏木が言葉を尽くしてくれるのだから、自分もきちんと向き合わなければ失礼だ。そう考えた葵は、しばらく沈黙したあと深呼吸し、言葉を選びながら言った。

「匡さんの料理人としての名声や、都会的で財力があるところに気後れすると言ったのは……嘘じゃありません。わたしはそういう世界に接してきていない人間ですから、すぐには差を埋められないのだと思います」

「葵、それは――……」

彼が眉をひそめて何か言いかけたものの、葵はそれを遮って言葉を続ける。

「でも匡さんが陶芸に触れて楽しさを見出《みいだ》してくれたように、わたしもフランス料理を知っていきたいと思います。匡さんのことが……好きだから」

それを聞いた柏木が、安堵交じりの面映ゆそうな表情を浮かべる。

腕を伸ばした彼は葵の身体を引き寄せ、胸の中に抱きしめながら言った。

「葵がそう言ってくれて、安心した。これでもかなり落ち込んでいたんだ、いきなり振られて」

「すみません。わたし、そうするしかないって思い込んで……あんな言い方を」

「葵に提案があるんだけど、俺と一緒にこの下ノ町を出ないか？」

突然思いもよらぬことを言われ、葵は驚いて柏木を見上げる。彼はわずかに身体を離し、言葉を続けた。

「この町にいれば、御堂家の影響を受けざるを得なくなる。集落の住人たちは昔から地主として権勢を振るってきた彼らに忖度《そんたく》するだろうし、それに歯向かった君は相当居心地が悪くなるだろう。何より葵は和之さんから物理的に距離を取り、彼の呪縛から逃れるべきだ」

「でも、わたしには……工房が」

祖父が遺した工房を守る——その一心で、和之や伯母の理不尽に耐えてきた。

しかし柏木は、葵の目を見つめてはっきりと告げる。

「陶芸は、ここでしかできないわけじゃない。お祖父さんが遺した工房に愛着があるのはわかるが、今までそういう気持ちすら和之さんに利用されていたんだ。いい加減、すべてから自由になっていいと思う」

下ノ町を出て和之の支配から自由になるのは、これまで不可能だと思っていた。葵の中には「ここから逃げられない」という考えが刷り込みのように染みついていたが、彼はそれに対して明確な異議を唱える。

「君のお祖父さんは、自分の工房があることで葵がここから動けないと知って、はたして喜ぶかな。俺はその人となりを想像するしかないが、今の状況を考えれば孫娘の足枷にはなりたくないと考えるんじゃないか」

柏木の発言を聞いた葵は、虚を衝かれる。

彼の言葉に触発されるように、ふいに脳裏によみがえる記憶があった。祖父に憧れた葵が陶芸家の道を選び、「いつか下ノ町に戻ってきて、お祖父ちゃんと一緒に仕事がしたい」と言ったとき、彼は「ここじゃなくても陶芸はできる」と言った。

『どこでどんな器を作るかは、お前の自由だ。土や風土など自分の感性に合った土地に工房を構えれば、創作意欲を刺激される。最初から選択肢を狭めず、広い視野を持ちなさい』

（わたしはお祖父ちゃんと一緒にいたい一心で、この町以外のところで陶芸をやろうと考えたことがなかった。……でも）

柏木の言葉、そしてかつて祖父に言われたことを思い出した途端、ぐんとハードルが下がる気がした。葵は目から鱗《うろこ》が落ちる思いでつぶやいた。

「そっか。……わたし、ここ以外で陶芸をしてもいいんですね」

「ああ。葵が工房を構えられるような土地を、一緒に探そう」

「でも、匡さんはそれでいいんですか？　この建物のリフォームに、かなりお金を使ったんじゃ……」

家主である佐々木が退去を迫ってきた理由が和之の仕業だと判明した今、争えば勝てるのではないか。葵がそう言うと、彼はやるせなく微笑んで言った。

「いいんだ。この土地の長閑さが気に入って自分の店を開きたいと考えていたけど、こうしてよそ者を排除するような場所なら、オープンしてもきっと上手くいかない。もうケチがついてしまったし、潔く諦めたほうがいい」

柏木は今後弁護士を入れ、佐々木を相手に法的な賠償請求をするつもりだという。

葵は顔を歪めてつぶやいた。

「そんな……せっかく準備していたのに」

「もっといい土地を探すよ。葵は陶芸をして器を作り、俺は料理とワインを提供する店を開く。どちらの条件にも、合致するところがあるといいな」

晴れやかな顔で笑う彼は既に気持ちを切り替えていて、それを見ていると自分も前向きになれる気がする。葵は頬を緩め、微笑んで答えた。

「そうですね。……いい土地が見つかるといいですよね」

するとそれを見た柏木がふと目を瞠り、視線をそらす。葵が不思議に思って見つめると、彼がボソリと言った。

「――駄目だ。葵の笑った顔を見ると、可愛くて我慢できなくなる」

「えっ？」

「この数日は君に避けられていて、触れられなかったから」

確かにこの数日の葵は、彼を意図して避けていた。

それは別れを決意していたからだが、柏木の言葉から飽きるほど抱き合った連休中を思い出し、思わず顔が赤くなる。そんな葵の頬に触れ、彼が熱を孕んだ眼差しで言った。

「今すぐ抱きたい。――いいか？」

「……っ、はい……」

まだ夕方の時間帯、外は雨とはいえ寝室内は充分明るく、そこで抱き合うのは羞恥を伴う。

だが柏木に触れられた途端、葵はどうでもよくなってしまった。この数日、彼を遠ざけるためにあえて素っ気なく振る舞うのは、恋愛感情があるだけに苦しかった。

(でも……)

もう柏木への気持ちを、我慢しなくていい。これからはこの狭い町から解き放たれ、彼とどこにでも行けるのだと思うと、うれしかった。

柏木は葵の衣服を脱がせ、眩しげに身体を見つめて言う。

「……きれいだ」

「あ……っ」

手のひらと唇で全身をくまなく触れられ、丁寧に愛される。

性急さのないその動きからは彼の愛情を感じ、葵は声を我慢することができなかった。柏木の手から生み出される料理は味も盛りつけも素晴らしいが、それが今自分に触れているのだと思うと、身体の奥がじんと熱くなる。

「た、匡さん……」

うつ伏せで背中にキスをされながら葵が上擦った声で名前を呼ぶと、彼が「ん？」と答える。肌に触れる柏木の髪の感触にすら息を乱しながら、葵は小さく訴えた。

「ぁ、もう……っ」

「まだだよ。——俺がどれだけ葵のことを好きか、わかってもらわないと」

さんざん感じさせられ、息も絶え絶えになった頃、柏木がようやく衣服を脱ぐ。

広い肩幅、実用的な筋肉のついた上腕、引き締まった腹部など、男らしく精悍な身体を前にした葵は、胸がきゅうっとするのを感じた。

やがて避妊具を着けた彼が、すっかり蕩けた葵の体内に押し入ってくる。

「あ……っ！」

充実した昂ぶりを奥まで受け入れ、圧迫感で息が止まりそうになる。

しかし満たされた気持ちでいっぱいになり、葵は柏木の首を引き寄せてささやいた。

「好き……匡さん」

「俺もだ。君が可愛くて、たまらない」

徐々に激しくなる律動に揺らされ、ひっきりなしに声が漏れる。

気づけば互いに汗だくで抱き合っていて、部屋の中が濃密な空気で満たされていた。
快感に追い詰められ、葵は目の前の彼の身体に必死にしがみつく。
やがて葵が達するのと柏木がぐっと息を詰めるのは、ほぼ同時だった。

「……っ」

頭が真っ白になるほどの愉悦に、葵は息を乱す。
彼の端整な顔がすぐ傍にあって、互いに引き寄せられるように口づけていた。情事の余韻を分け合うような甘いキスのあと、唇を離した柏木が額を合わせてふと笑う。

「下ノ町で店を出すことは叶わなかったけど、ここに来たのは無駄じゃなかったな。だって葵に会えたんだから」

「……匡さん」

「もう御堂家に、手出しはさせない。今後は俺が対処するから、安心して全部任せてくれ」

エピローグ

　その後、柏木は弁護士に正式に依頼し、家主である佐々木に対して不当な退去勧告への抗議と開業できないことに伴う損害賠償請求を行った。

　彼はすっかり青くなって前言を撤回しようとしたものの、柏木は「信頼関係が損なわれた以上、今後つきあっていくのは無理だ」としてそれを聞き入れなかった。

　一方、一連の出来事を裏で糸を引いていたのが和之であることを伝えるため、柏木が御堂家の当主である勇雄に面会を申し込んだところ、彼はそれに応じた。

　勇雄は突然接触してきた柏木の素性について訝《いぶか》しんでいたものの、和之から嫌がらせを受けていること、その動機が葵と交際している自身への嫉妬の感情であること、そして彼が葵に強く執着し、ＧＰＳでの監視やヌードデッサンの強要などを行っていたことなどを話すと、ひどく困惑していた。

「まさか、和之が……そんなこと」

「証拠はあります。彼自身が認めている会話の音声を録音していますし、アトリエには葵さんの姿が描かれたスケッチブックが大量にあるはずです」

また、彼が佐々木に命じて柏木を借家から退去させようと画策し、その賠償金を肩代わりすると発言していたことなどを説明すると、彼は頭を抱えていた。

そして葵へのセクハラについては法的措置を検討していると語ったところ、勇雄は焦った様子で「待ってくれ」と言った。

「裁判になるのは困る。うちは会社をやっているし、何よりこんな狭い集落で噂になったりしたら、当家の体面が」

「田舎特有のそうした環境を利用し、葵さんを心理的に逆らえないようにしていたのは、和之さん自身です。彼は成人した大人なのですから、自身の行動に責任を取るのは当然ではありませんか」

彼は平身低頭で謝り、これまで家庭をおろそかにして息子の行動を関知していなかったこと、葵には心から謝罪すること、事の顛末《てんまつ》を公正証書にして残し、示談金を支払う旨を申し出てきた。

それを葵に伝えた柏木は、「裁判をして、白黒はっきりさせたほうがいいのではないか」と提案したものの、彼女は首を横に振って言った。

「事実を事実として認め、きちんと謝罪してくれるなら、それで充分です。もし裁判になり、和之のしたことが外に漏れた場合、集落の中での御堂家の立場は厳しいものになります。その影響の大きさを考えると、示談という形で収めたほうがいいんじゃないかと思うんです」

葵は和之との面会を拒否し、伯父夫婦から直接謝罪を受けた。

その場で伯母の真知子が不満げに「嫌なら嫌と言えばよかったのよ。それをあとでグチグチと……」と発言して勇雄に叱責されるという場面もあったが、葵は今後もう彼らに会うつもりがないため、聞き流してあげたようだ。

和之のアトリエにあった葵のデッサンはすべて回収され、焼却処分された。彼はさんざん抵抗したものの、庭で火にくべられたスケッチブックを見た途端に一気に無気力になり、「僕は悪くない」「早く葵を連れてきてくれ」とつぶやき続けるようになって、勇雄は心療内科の受診を検討しているらしい。

そして佐々木との話し合いで、御堂家は柏木が請求した違約金の八割ほどを負担することになったのだという。その金額は莫大で、両家にとっては手痛い出費になったようだが、懲罰的な意味を込めて柏木は減額には一切応じなかった。

それから三週間ほどして、柏木と葵は下ノ町から一五〇キロほど離れた土地への転居を決めた。そこは山の麓に広がる酪農と農業の町で、下ノ町より雄大な景色が愉しめ、夏は暑く冬は雪深い。

だが季節の移り変わりを感じられる気候と、近隣に希少な野菜を作る生産農家が多いこと、そして薪窯がある工房が売りに出されていたのが大きな決め手になった。

「以前弟子入りしていた先生のところで、薪焼成をしていたんです。電気窯のように外側から溶かすのではなく、芯から焼けていくので、焼き物らしさを表現できます。わたしはここで仕事がしたいです」

葵が下ノ町を出ていくことを親友の杉原千穂に告げたところ、これまで御堂家に利用されているのを憂慮していた彼女は「よかったね」と言っていたという。

そして柏木は高本に連絡し、改めて大都市で店をやる気はないこと、そして彼が葵に接触して余計なことを言った件について抗議したところ、高本は平身低頭で謝っていた。

『柏木さんとまた一緒に働きたい一心で、彼女さんに出過ぎたことを言ってしまいました。許してください』

柏木が新しく店を開くには、新しい物件の内装工事や諸手続きで、もう少し時間がかかる見込みだ。

だが新天地では、傍に葵がいる。彼女と日々一緒に食事をし、器を作る姿を眺め、ときに自分も土に触れる生活は想像するだけで楽しそうで、頬が緩む。

いよいよ引っ越しの当日、工房を閉めて車の助手席に乗った葵がフロントミラー越しに集落を見つめているのに気づいた柏木は、彼女に問いかけた。

「名残惜しいか？　君にとっては何年も過ごした土地だし、お祖父さんの思い出もある」

するとそれを聞いた彼女は微笑み、首を横に振って答えた。

「いいえ。どちらかといえば嫌な記憶が多かったと思いますけど、それは全部ここに置いていきます。わたしは自分の本当の居場所を作るために、この町を出ていくんですから」

柏木は「そうか」と笑い、車のエンジンをかける。

青く澄み渡る空には真っ白な入道雲が浮かび、強い日差しが辺りのものを色濃く浮かび上がらせていた。

開け放した車の窓から、ムッとした熱を孕んだ夏の風が吹き込んでくる。それが髪を巻き上げるのを感じながら、柏木はゆっくりとアクセルを踏み込んだ。

あとがき

こんにちは、もしくは初めまして、西條六花《さいじょうりっか》です。

マーマレード文庫さんで七冊目となるこの作品は、陶芸家ヒロインとフレンチのシェフのラブストーリーとなりました。

ヒーローの柏木はかつて神戸の店で腕を振るっていた有名シェフ、田舎町では目を引く容姿のイケメンです。彼の職業柄、作中にはさまざまな料理が登場しますが、フレンチは工程が複雑なので、いかにわかりやすく書くかに四苦八苦しました。

一方、ヒロインの葵は陶芸家、職人気質でクールな雰囲気の美人です。陶芸の仕事も複雑で、使用する土で色味が違ったり、同じ釉薬を使っても焼成の仕方によってまったく別の色に仕上がったりと、とても奥が深いです。

今回は脇役の葵の親族が少々毒気が多く、いかに嫌な人たちに書くかに力を注ぎました。田舎町を舞台にした物語を書くのは初めてではありませんが、このお話は田舎独特の人の距離の近さや排他的な空気が多くにじみ出たかもしれません。

表紙イラストは、小倉《おぐら》つくしさまにお願いいたしました。

田舎の空気感のある爽やかな表紙で、二人を美男美女に描いていただき、うれしいです。いつか再びお仕事をご一緒できるのを楽しみにしております。

このあとがきを書いているのは年の瀬なのですが、いろいろ立て込んでいてまだ窓掃除しかできていません。これから台所や洗面所、玄関、クローゼット……などなど、あちこちを掃除しなければならないものの、年内に終わるかどうか微妙なところです。

適度に手を抜きつつ、お仕事も進めつつ、年を越したいと思います。

二〇二三年も作品を複数発表できる予定ですので、書店等でお見掛けの際はお手に取っていただけるとうれしいです。

またどこかでお会いできることを願って。

西條六花

マーマレード文庫

虐げられていましたが、
容赦ない熱情を刻まれ愛を注がれています

2023年2月15日　第1刷発行　定価はカバーに表示してあります

著者　西條六花　©RIKKA SAIJO 2023
発行人　鈴木幸辰
発行所　株式会社ハーパーコリンズ・ジャパン
東京都千代田区大手町1-5-1
電話　03-6269-2883（営業）
0570-008091（読者サービス係）
印刷・製本　中央精版印刷株式会社

ISBN-978-4-596-76849-0

m a r m a l a d e b u n k o